suhrkamp taschenbuch 2526

Belohnung für schnelles Fahren bei Nacht – das ist der nächtliche Monolog eines verwöhnten Mannes am Steuer eines der schnellsten Wagen der Saison. Neben ihm Henri, prominenter Lyriker im Verschleiß des Kulturbetriebs. Er ist Frau und Tochter des Fahrers sexuell zugetan. Auf der Rückbank Chantal, die Tochter. Der Mann steuert den Wagen mit überhöhter Geschwindigkeit eine schmale Landstraße Südfrankreichs entlang, auf einen genau bedachten tödlichen Unfall zu. Er wird rasen bis zur Kurve beim dunklen Schloß, in dem Honorine, seine Frau, sich schlafen gelegt hat – dann wird er zu sprechen aufhören. Der Untergang ist vorbedacht, alles inszeniert: kann es gelingen? Am Ende ist der Wagen noch immer unversehrt, aber der Leser wird mit der Drohung entlassen: »Es wird keine Überlebenden geben. Keine.«

»John Hawkes ist zweifellos einer der besten zeitgenössischen amerikanischen Schriftsteller, und *Travestie* (*Belohnung für schnelles Fahren bei Nacht*) gehört zu seinen besten literarischen Texten.«

New York Times

John Hawkes, geboren 1925, hat zahlreiche Romane und Erzählungen geschrieben. Seit 1958 war er Professor für Englische Literatur und Creative Writing an der Brown University in Providence, Rhode Island, wo er heute, inzwischen emeritiert, als freier Schriftsteller lebt.

John Hawkes
Belohnung für schnelles Fahren bei Nacht

Aus dem Amerikanischen
von Jürg Laederach

Suhrkamp

Titel der Originalausgabe: *Travesty.*
Der Titel erschien 1985 unter
dem Titel *Travestie* in der edition suhrkamp.
Umschlagfoto: Stephan Erfurt

suhrkamp taschenbuch 2526
Erste Auflage 1996

Druck: Nomos Verlagsgesellschaft, Baden-Baden
Printed in Germany
Umschlag nach Entwürfen von
Willy Fleckhaus und Rolf Staudt

1 2 3 4 5 6 – 01 00 99 98 97 96

… durchdrungen, wie ich von der Vorstellung bin, daß eine Muse notwendigerweise eine Tote, eine Unerreichbare oder eine Abwesende ist, von der Vorstellung, das dichterische Gebäude – einem Kanonenrohr ähnlich, das nichts weiter ist als ein Loch mit Bronze ringsherum – könne nur auf dem beruhen, was man nicht hat, und es handle sich schließlich beim Schreiben nur darum, ein Vakuum auszufüllen oder wenigstens durch Bezugnahme auf die klarsichtigste Stelle unserer selbst, die Lage des Ortes festzustellen, wo dieser inkommensurable Abgrund klafft.

Michel Leiris, *Mannesalter*

Sehen Sie, ein Bekannter von mir pflegte die Menschen in drei Gruppen einzuteilen: die einen möchten lieber nichts zu verbergen haben als lügen müssen; die anderen möchten lieber lügen als nichts zu verbergen haben; und die dritten schließlich lieben das Lügen und das Verbergen gleichermaßen. Ich überlasse es Ihnen, die Kategorie zu wählen, in die ich am besten passe.

Albert Camus, *Der Fall*

Für drei Sophies

Nein, Henri, nein. Hände weg vom Steuer. Bitte. Es ist zu spät. Mit hundertneunundvierzig Stundenkilometer auf einer Landstraße in der finstersten Stunde der Nacht, da ist es letzten Endes klar, daß deine leiseste Anstrengung, mir das Steuer aus den Händen zu winden, uns alle in die stille Welt der Überlandstraßentragödien stürzen wird, und das noch schneller, als ich es geplant habe. Übrigens ist es nicht zu glauben, aber wir beschleunigen noch immer.

Du, Chantal, paß auf. Du sollst deinem Vater gehorchen. Du mußt dich in deinen Sitz zurücklehnen und deinen Sicherheitsgurt anlegen und aufhören zu weinen. Und, Chantal, den Fahrer nicht mehr auf die Schultern schlagen, nicht mehr an seinem Arm rütteln. Nimm dir ein Beispiel an Henri, arme Chantal, und beherrsch dich.

Schau an, wie wir fliegen! Und die Kurven, so scharf, so zahlreich! Wahre Geometrien der Freude!

Zumindest steckst du in der Gewalt eines Experten am Steuer.

Ach, du willst dich entspannen, mon cher ami. Du bist entschlossen, dein Zittern zu verbergen, ein paar Augenblicke Schweigen einzulegen, eine deiner unwiderstehlichen Zigaretten anzurauchen, und dann, nach dieser angemessenen Investition kostbarer Zeit wirst du völlig unerschüttert versuchen, mir das auszureden, mich durch Zureden wieder zu Bewußtsein zu bringen (wie du den Begriff formulieren wirst), an meine Rücksicht und meine Vernunft zu appellieren. Ganz einverstanden. Ich höre. Dein ist die Stunde. Ja, natürlich kannst du den Zigarettenanzünder benützen. Aber greif nicht zu heftig danach und behalt meine Warnung im Gedächtnis. Laß dich von meiner Gutmütigkeit nicht täuschen. Mir ist's so ernst wie einem Flammenmeer.

Du mußt mit Schluchzen aufhören, Chantal. Ich sag's nicht noch mal. Weißt du nicht, daß Papa dich liebt? Nicht vielen jungen Frauen wird die Gelegenheit geboten, ihre letzten Minuten gleichzeitig in Gesellschaft ihres Liebhabers und ihres liebevollen Vaters zu verbringen. Die schwarze Nacht, der rasende Wagen, wir drei, das flüchtige Bild von früh gefallenem Schnee; er kräuselt sich im Wurzelwerk eines vorüberflitzenden Baums an der Straße – das, Chantal, ist eine warme und bequeme Art dahinzugehen. Du brauchst keine Angst zu haben.

Zu denken, daß wir sie immer das »Porno-Kerlchen« genannt haben. Ja, unsere eigene Chantal – kaum konnte sie gehen, stolperte sie ständig ins Liebesleben ihrer Eltern. Vielleicht sollte ich sagen: in die Lebensillusionen ihrer jungen Eltern. Jedenfalls fing Honorine damit an, unser kleines Mädchen »Porno-Kerlchen« zu nennen. Natürlich lächelnd. Immer mit dem unverfälschten Lächeln, das so gut zum ovalen und sinnlichen Gesicht dieser Frau paßt; sie ist deine Geliebte, meine Frau, Chantals noch junge und wenig zurückhaltende Mutter. Und dann war da noch Chantals Schulkollege, dieser Spaßvogel, der aussah wie ein Knabe; der reichte ihr die Optiker-Prüftabelle; darauf wurden die Buchstaben allmählich kleiner und bildeten den Satz ZUVIEL SEX MACHT KURZSICHTIG.

Aber, wie du weißt, habe ich nie eine Brille getragen, und bis heute darf ich die allerschnellsten Wagen fahren, ohne daß etwas der Scharfsicht meiner unbewaffneten

Augen nachhelfen müßte. Chantal und Honorine – was für ein Namenspaar. Zu denken, daß in diesem Augenblick eine von ihnen mit fahlem Gesicht und tränenüberströmt hinter uns sitzt, unmittelbar vor der Hysterie statt dem Gebet. Währenddessen schläft die andere genau in dem Château, worauf wir zufahren. Sei tapfer, Chantal. Honorine wird untröstlich sein, wenn sie die Nachricht erfährt.

Ist es Mord, Henri? Das ist ja die Pein mit euch Lyrikern. Mit eurem Pessimismus äfft euresgleichen dem Ausdruck nach, den ihr in der schriftlichen Rede erreicht; eure Gedichte könnt ihr rezitieren wie ein Schauspieler seinen Text, ihr glaubt, ihr seid dispensiert von allen Regeln des Benehmens, welche uns weniger privilegierte Zeitgenossen an Füßen, Händen, Lenden, Mündern binden. Wenn es aber zum letzten kommt, dann schrillt bei euch die falsche Alarmglocke. Du beschuldigst mich also, einen Mord zu planen. Aber allein schon durch die Verwendung des Wortes entlarvst du dich endlich als der banalste und erratbarste aller Lyriker. Kein Lüstling, kein Mensch mit einer Vision, die Leiden schafft, nein, ein banaler Moralist. Denk mal an den Kontext von »Mord«, diesem entsetzlichen Wort. Er meint: Verlust der Herrschaft über den Affekt, Haß, Wut, Eigennutz, zerbrochenes Glas, Blut, einen Schrei in der Kehle, eine zitternde Blindheit, welcher die nicht wiedergutzumachende Tat, der hilflose Schlag entfährt. Mord ist die dürrste aller Gesten.

Unsere Lage ist doch ganz anders. Frei baumelnd am Haken der Zeit, so wie du, mit deiner angezündeten Zigarette zwischen den Fingern, gebadet in deinem Schweiß, im freundlichen Licht des Armaturenbretts – in all dem liegt Klarheit, aber keine Moral. Noch nicht einmal Arbeitsethos. Du und Chantal und ich, wir fahren einfach, rein und ganz bis zum Äußersten, auf dieser Straße; der Rest der Welt versucht, sie mit einer Anhäufung ganzer Stangenwälder verwirrender Verkehrszeichen, mit Umleitungen, Sperren vor uns zu verstecken. Was macht es denn für einen Unterschied, daß die Entscheidung bei mir und nicht bei dir liegt? Daß ich der Fahrer und du der Passagier bist? Kannst du nicht einsehen, daß deine Moral nicht anders daherkommt als Chantals Weinerlichkeit und daß wir es gerade jetzt eher mit einem Problem, Überschrift »freie Entscheidung«, als mit einem Problem, Überschrift »Chaos«, zu tun haben?

Ich bin kein Lyriker. Und ich bin kein Mörder. Hat aber Chantal dir je von der Zeit erzählt, als sie sich die Auszeichnung »Königin von den Karotten« geholt hat? Nein? Vielleicht hat dich deine sexuelle Bekanntschaft mit meiner Tochter eben doch kurzsichtig gemacht.

Ich lache dich nicht aus. Ich bin der freundlichste Mensch, den du je treffen wirst.

Langsamer fahren, sagst du? Aber der Lauf der Dinge kann nicht durch die schiefe Gefühlslage eines Verkehrspolizisten reguliert werden. Man stellt einem Stern, einem Kometen, einer fast unsichtbar in der kalten Nacht dahinrasenden Lokomotive, einem Schaffner im leeren und doch fahrenden Autobus keine Fragen. Ich bin kein Kind. Ich vertraue darauf, daß dein Verhalten sich nicht in bloßer Erratbarkeit plus Pathos erschöpft. Unsere Geschwindigkeit ist ein Maximum in einer Reihe von Maxima, welche bestehen in: meinem Fahrkönnen, der leeren Straße, dieser Nachtzeit, der Stärke des Motors, der grenzenlosen Ausdehnung aller vier Jahreszeiten drüben in den Bäumen oder auf offenem Feld. Wie Schüler, die das Sonnensystem studiert haben (ich möchte weder herablassend noch einfältig klingen), wissen du und ich, daß alle Elemente des Lebens einander gegenseitig bedingen, einander in jedem Augenblick in die perfekte Konstellation treiben; sie ist die erhabene, die einzig mögliche. Auf eine bestimmte Entfernung entgeht mir nichts; diese gelben Scheinwerfer sind die Lichter meiner Augen; mein Geist steckt in der Erinnerung an diese gekurvte Straße, wie eine Faust im Glas.

Du kannst nicht wissen, wie oft ich gerade auf dieser Straße allein und im höchsten, gerade noch erreichbaren Tempo gefahren bin. Du kannst dir nicht klar darüber sein, wie viele späte Nachmittage, wie viele einbrechende Nächte diesen Wagen umfangen haben. Der Mechaniker lag flach auf dem Rücken darunter, mit einem Sortiment verchromter Werkzeuge; es herrschte eine mit leichtem Geruch von Öl und Schmiere durchsetzte Stille; ich selber habe als geduldiger Beobachter in einer Ecke der Stätte gestanden; sie hat dem fast leeren Innenraum eines Flugzeughangars geähnelt. Da hast du sie, deine Geschwindigkeit. Kannst du mir das glauben?

Zwischen den Feineinstellungen, welche die Hand jener wie tot auf dem Boden ihrer großen Werkstatt liegenden Person im weißen Überkleid vornahm, und dem warmen und lebendigen Druck meiner beiden Hände auf der dicken schwarzen Oberfläche dieses Steuerrades – zwischen jener Zeit und dieser, zwischen jener Hand und diesem Paar Hände, zwischen den präzisen Feineinstellungen unter dem Wagen und dem Leben des Geistes, der den fahrenden Wagen auf der Straße hält, gibt es keinen Unterschied; keinen noch so kleinen.

Als ich diesen Wagen das letzte Mal zur Werkstatt gefahren habe, habe ich dem Mechaniker die Hand geschüttelt. Auf der Hebebühne hat der wartende Wagen wie neu geglänzt. Jetzt fahren wir wie im Innern einer pistolenkugelförmigen Uhr, sitzen wie festgeschraubt zwischen gespannten Uhrfedern und glänzenden Rubinen. Und der Tank voll Benzin, noch keinen Monat alt die Reifen.

Verlang nicht von mir, ich solle langsamer fahren. Das ist unmöglich.

Ja, schon knöpfst du dir den Kragen auf, während ich daherquatsche über Chantals Kindheit, über meine Liebe zu Autos, über die Nähe zwischen uns allen, über unser rasches Vordringen in die Festung Raum. Plötzlich gibt es zwischen dir und mir mehr Unterschiede denn je, und doch sind wir uns näher als damals, wo wir alle drei im selben Bett lagen. Aber mach dir keine Sorge, ich bin ganz konzentriert, trotz meinem Gequatsche. Auch nicht einen Augenblick lang weicht mein Blick von der Straße; auf ihr fahren wir, obschon ich sie kaum sehen kann, durch unsere finsterste Nacht hindurch. Doch, meine Konzentration ist wie die eines Schützen, eines geschmackvollen Henkers, eines Kindes, das sich über einen Käfer an einem Stecken beugt. Und ich verstehe deine bittere Enttäuschung, dein Gefühl, du verstehst nichts. Es fällt nicht leicht zu entdecken, daß dein engster Freund, Ehemann der einen Geliebten sowie Vater der anderen, jetzt mit etwas höherem Tempo fährt, als er's sonst tut, in einem dich allmählich erschreckenden Tempo, und daß dieser selbe Freund mit Vorbedacht, nach Plan fährt und sich weigert, deiner sogenannten Vernunft Gehör zu schenken. Was kann man da bloß tun? Wie kannst du dich in wenigen Minuten erfolgreich dem anpassen, was mir die zweite Natur ist: einer fast phobischen Sehnsucht nach dem zutreffendsten Paradox, einer Begierde, ins Zentrum des folgenden Paradigmas zu dringen: im einen Augenblick ist der Wagen in perfektem Zustand, ohne auch nur einen Kratzer auf seiner gewölbten Oberfläche, im nächsten geschieht ein Aufprall, der reine Aufprall an sich. Totale Zerstörung. Auf ihre Weise ist sie eine Art Ekstase, diese äußerste Harmonie zwischen Trip und Trümmer. Selbst einem Lyriker dürfte es schwerfallen, diese Vorstellung in so kurzer Zeit nachzuvollziehen.

Ja, Chantal, du schlüpfst vielleicht ganz gern aus deinen Schuhen. Vielleicht gefällt dir die Vorstellung, du seist eine von vielen hundert Flugzeugpassagieren; sie bereiten sich alle aufs Überleben einer Bruchlandung vor – falls möglich. Und doch sind wir nur drei. Nicht mehr als drei. Eine kleine, aber tröstliche Zahl.

Selbstverständlich meine ich es ernst. Wie könnte ich auch nur für die Dauer eines kurzen Scherzes das Leben meiner eigenen Tochter und das eines vom Publikum gefeierten Lyrikers aufs Spiel setzen? Ich bin sicher nicht der Mensch, der ein Risiko eingeht oder dann zufällig am Leben bleibt, will sagen, stirbt. Was für eine Enttäuschung. Ganz offenbar ist dein Bedürfnis, verschont zu werden – dein Bedürfnis nach Erleichterung, nach Langsamerwerden – so groß, daß du jetzt, nach diesen ganzen Jahren, meiner Natur sogar die allergrößte Ungerechtigkeit antun willst, nur weil es dich so drängt. Du willst ja nur die Augen aufschlagen, uns am Rand der finsteren Straße sicher geparkt sehen und ein leises privates Gelächter im Autoinnern erklingen hören. Ich verstehe. Aber, tut mir leid, so kann's nicht sein, cher ami.

Warum denn nicht ich allein? Oder warum nicht alle vier? Ja, das sind viel ernsthaftere und interessantere

Fragen. Zu guter Letzt merkst du dann doch, daß ich nicht nur so was bin wie ein manischer Selbstmordkandidat, ein Ästhet des Hochgeschwindigkeitstodes. Aber damit ich mich diesen subtilen Gedanken überhaupt nähern kann, mußt du mir Zeit, mehr Zeit lassen. Und doch: Liegt im Umstand, daß du die erste Frage gestellt hast, nicht schon ein Hinweis darauf, wie die Antwort aussehen muß?

Bitte. Ich flehe dich an. Klag mich nicht an, ich sei ein gefühlloser Mensch oder einer mit denaturierter Empfindung. Dieser Augenblick zum Beispiel, er ist nicht ekelhaft, sondern schlechthin entscheidend. Warum ich ein Trostgefühl von solcher Intensität empfinde, daß es fast elektrisch wirkt, während andrerseits du nur einen Mischmasch aus Ungläubigkeit und Elend fühlst – der Grund für dieses Auseinanderklaffen liegt tiefer als nur in der Verschiedenheit der Temperamente, obschon es das selbstverständlich auch ist. Wir stimmen überein in der Außenansicht eines Traumas: die Schwierigkeit, die man hat, sich zu unterwerfen, das Problem, das im Überraschtwerden liegt; ein so plötzlich eingeengtes Existenzkonzept ist das, daß man sich wie ein in seinem Glas aufgescheuchter und zugleich ganz gelähmter Goldfisch fühlt. Eine Frage der Anpassung nur. Aber das eigentliche Wesen unseres Unterschieds liegt darin, daß du mein Interesse an dem, was ich »Trip und Trümmer« genannt habe, nicht teilst. Zum Beispiel sind du und ich gleichermaßen vertraut mit unseren weißen Avenuen, mit unseren sonnenbeschienenen Durchfahrtsstraßen, mit unseren Boulevards, die mit Fahrzeugen so dicht vollgepackt sind, daß auch bei Stillstand ein hektisches Bewegungsbild erscheint. Die hellen Farben, die Schreie, der bestialische Lärm des Verkehrs, die einander widersprechenden Signale und die für so was typischen Polizisten – das ist ein großer Gemeinplatz, keinen Gedanken wert. Wir kennen beide diese großen Sandflecke, gelegentlich werden sie gestreut, sie decken die halbe Straße ab und markieren den Schauplatz eines unserer häufigen und unverständlichen Zusammenstöße, und der ungeduldige Verkehr muß einen Bogen darum herum machen – bis ein mutiger Fahrer seinen gesunden Menschenverstand wiedererlangt und stracks durch den Sandfleck hindurchfährt; seine Reifen verstreuen den Sand und bringen das frische Blut darunter an den Tag. Noch ein Gemeinplatz, sagst du, noch mehr Alltäglichkeit. Die Banalität unseres Landes, das weder weiß, was eine Überlandstraße noch was ein Motorfahrzeug, noch was ein Fußgänger ist. Darin aber sind wir beide verschieden: Ich bin immer insgeheim von den Szenenbildern eines Unfalls angezogen worden und habe immer mit einer gewissen Erhöhung der Pulsfrequenz und mit wachsender Konzentration neben diesen Sandflecken angehalten. Es ist nichts als Sand, auf eine Stadtstraße gestreuter Sand, der bereits das darunterliegende Blut aufsaugt. Diese kleinen Inseln aus Hast, Schmerz, Tod, roher Unmittelbarkeit entsprechen meiner Ansicht nach sehr genau der Symmetrie von zwei oder noch mehr Maschinen, deren Zusammenstoß nichts weiter bringt als ein Nachspiel aus Blut und Sand. Wie Haut sieht er aus, dieser kleine Fleck staubiger Schlachterreste; er hätte vom Leib eines der verletzenden Wagen abgeschält sein können. Ich denke an den erschossenen Tiger und an das Fell in der Halle des dunklen Châteaus. Dir aber entlockt das nicht mehr als ein Schulterzucken. Deine lyrische Dichtung schöpft nicht aus dem Gebiet. Ich hingegen habe es nie unterlassen, seitlich heranzufahren, zu parken, den Wagen zu verlassen; trotz des Hupens, trotz der Verwünschungen habe ich jedesmal einige Augenblicke in ehrfurchtsvollem Staunen verharrt, wenn ich auf eine dieser heiligen Stätten gestoßen bin. Das hat etwas von einem Denkmal für Kriegsgefallene: je größer die Unstimmigkeit, desto höher der Wahrheitsgehalt.

Was aber, fragst du dich, wird aus mir, aus meinem Leben? Und warum, so fragst du, stecke ich auf einmal mitten im närrischen Philosophieren eines Menschen, der plötzlich ein unerträglicher Egozentriker geworden ist, und der mich zu töten, zu zermalmen droht, indem er diesen Wagen in zehn, zwanzig?, dreißig? Minuten in den Stamm eines bewegungslosen Baumes jagt?

Jetzt hör aber mal zu. Du kannst dir offenbar nicht vorstellen, daß ich, der Vorsteher dieser Menage sozusagen, mich so benehmen kann; du faßt es nicht, daß ein Leben so reich wie deines, so sinnlich, so überhäuft mit Ehre wie deines; daß das so plötzlich ohne Erklärung auf Angst, Kummer, Bremsspuren, ein paar Scherben geborstenen Glases verkleinert werden kann; du weißt ganz einfach nicht, daß ich als Kind die Zeit, in der ich ungestört gewesen bin, ziemlich gleichmäßig über zwei Sorten von Zeitschriften verteilte; die einen zeigten die brutalste und unheimlichste Zerstörung des menschlichen Fleisches (im Mund verkeilte Ellenbogen, tief im Brustkorb liegende Kopfhälften, eine Statue aus abgerissenen Beinen, baumelnden Händen), und die anderen Zeitschriften zeigten die anziehenden Stellen junger lebender Frauen, ihr Zustand teilweise oder ganz nackt.

Verschon mich, schreist du. Verschon mich damit. Aber der Mangel an Wissen, der Mangel an Vorstellungskraft liegt bei dir, nicht bei mir. Und ich werde uns nicht gegen einen Baum knallen. Damit täuschst du dich noch grundlegender.

Erinnere mich daran, daß ich dir etwas vom kleinen Pascal erzähle. Er ist Chantals kleiner Bruder gewesen und um die Zeit herum gestorben, als Honorine Chantal das »Porno-Kerlchen« zu nennen angefangen hat. Mein Sohn, mein eigener Sohn, der gerade im Augenblick gestorben ist, wo er Charakter bekam. Bis heute hängt weißer Satin in Fetzen von den Balken des Steinkreuzes, das auf seinem Grab steht.

Schön, schön. Kein Radio. Ob Musik oder keine Musik, mir ist's egal; obwohl ich, wenn du dich damit hättest befreunden können, gern den ganz leisen Hintergrund eines eigens für ein Melodrama gefertigten Musikstückes zugeschaltet hätte. Ganz sicher, ich finde sentimental gespielte Flöte, Schlagzeug, Orchester attraktiv, ganz einfach, weil das Hören von Musik dasselbe ist wie in einem warmen Wagen durch die Nacht zu rauschen: das Erlebnis von Musik, wie das Auto, gewährleistet, daß die Zeit anhält; zumindest scheint es so. Song und Straße nehmen kein Ende; wenigstens glauben wir das. Und doch tun sie's. Die Schönheit der Bewegung, in der Musik und auch anderswo, besteht eben darin: daß die sogenannte Gewähr fürs Anhalten der Zeit tatsächlich die lebende Zunge im dunklen Mund des Endens ist. Und das Aufhören, darauf sind wir scharf, allein schon deshalb, weil wir gerade daran absolut nicht glauben können.

Ja, Chantal hört nicht zu. Sie steckt in einem Todesschmerz, der ist noch größer als deiner. Es sagt ihr nichts, daß ihr Vater neuerdings über unsere verschiedenen Leben nachdenkt. Von dir hingegen erwarte ich totale Aufmerksamkeit. Schließlich sind wir erwachsene Männer und haben oft genug zusammen Schweine gehütet. Was mich betrifft, so sind mir deine Wünsche in diesem Punkt Befehl. Mein wunderbares Hi-Fi-Radio bleibt stumm.

Wir wollen hoffen, daß mir keine Fehlberechnung unterlaufen ist und daß jetzt keine überdimensionierte Maschine auf uns zu dröhnt, die Straße vor uns ausfüllt; und ihr großer dicker Bauch ist randvoll mit dickem flüssigem Feuer, und in ihrer lärmigen Kabine sitzt ein gargantuesker junger Bauer, der singt, um sich wachzuhalten. Katastrophe. Witzlose, idiotische Katastrophe. Das nämlich, was mir vorschwebt, ist ein »Unfall«, so perfekt geplant, daß er einzigartig, spektakulär, von unverzüglicher Wirkung sein wird; ein materielles Gegenstück, gewissermaßen, zur Vorstellungskraft, die ihn ursprünglich ausgeheckt hat. Ein klarer »Unfall« sozusagen, dessen raffinierte Erfindung jeder Interpretation spottet.

Zunächst einmal will ich, daß wir am dunklen Château vorüberfahren, in welchem die uns eigene Honorine schläft. Selbstverständlich werden wir mit Höchstgeschwindigkeit fahren und bereits die höchste Stelle unserer Geschoßbahn erreicht haben. Vielleicht werden unsere Lichtkegel einen Augenblick lang in Honorines Innenwelt eindringen, oder womöglich ruft das bloße Geräusch unseres Vorüberfahrens – das entfernte und entsetzliche Ausstoßen von Atem, welches Reifen und Motor, in weiter Entfernung vorüberrasend, vollführen können – eine ganz kurze Reaktion in Honorines schlafendem Bewußtsein hervor. Sie wird einen Arm bewegen, einen Laut ausstoßen, wird sich auf die andere Seite wälzen, wer weiß? Dann, acht Kilometer nach dem Château, nähern wir uns dem alten römischen Viadukt. Du erinnerst dich an diesen schmalen toten Viadukt, der über die trockene Schlucht läuft und der mich immer an einen abschuppenden Knochen erinnert. Natürlich erinnerst du dich daran. Und in der allerkürzesten noch denkbaren Zeit wird unser Stahldämon seine Geschwindigkeit mit der Starre des alten Steins verschmelzen. Die Flanken unseres schönen Wagens werden die niedrigen Seitengeländer dieses hohen und selten überquerten Baues beinahe streifen. Uns allen dreien wird das Brüllen des Steins gegenwärtig sein, der Klang von noch übriggelassenem Raum, unsere Scheinwerfer bohren sich über die Schlucht, wie in einem billigen Film. Und jetzt, jetzt denkst du, das ist die Stelle, an der alles sein Ende nimmt. Ja, hier wäre der naturgegebene Ort unseres sogenannten »tragischen Unfalls«. Römische Epoche, moderner Wagen, nicht genug Platz zwischen den Geländern, die grauenvolle Entfernung bis hinunter zu den Felsen auf der Schluchtsohle, die holprige Oberfläche des Pfades über diesen Viadukt ... Was könnte es Besseres geben? Aber du täuschst dich.

Gerade darin besteht nämlich das Problem. Ja, genau. Alle diese »logischen« Einzelheiten und alle diese erhabenen »Symbole« des Melodramas sprechen für den professionellen Nachforscher (und Reporter) solcher Vorfälle eine viel zu klare Sprache. Nicht doch; wir werden nicht vom Viadukt hinunterkrachen oder ihn sogar ganz verpassen und direkt in die Ödnis dieser tiefen Schlucht hinuntersausen können, wie so ein verwünschter böser Geist mit Flügeln aus den Büchern der Kindheit. Statt dessen fahren wir einfach nach dem Viadukt ungefähr drei Kilometer weiter (kaum einen Lidschlag, ein Schädelkrachen lang), bis wir in einer unmöglichen Kurve auf das Gelände eines verlassenen Hofes schwenken und dort, ohne die Geschwindigkeit zu senken, frontal in die fensterlose Mauer einer alten und jetzt nicht mehr überdachten Scheune hineinrasen; sie ist vor langer Zeit liebevoll aus großen Ackersteinen erbaut worden. Die Mauer ist einen Meter dick. Einen vollen Meter oder gar noch etwas mehr.

Der Wagen, der am Château vorbeifährt, das eigentlich sein Ziel gewesen sein muß; die unverwechselbaren Reifenspuren über den Viadukt; das Abkurven, das absolut unverständlich bleibt; die enorme Geschwindigkeit beim Aufprall; die Unmöglichkeit, per Autopsie die leiseste Spur Alkohol im Blut des Fahrers nachzuweisen ... was kann einem dazu einfallen? Was für eine Erklärung wird man sich schließlich zurechtlegen? Was wird man zu einem Vorfall sagen können, der so heftig und so unwahrscheinlich wie der da aussehen wird und der auch so laut ist, daß er im nahegelegenen Dörfchen LaRoche den Pfarrer weckt?

Ja, das ist der Punkt an der Sache; was jetzt geschieht, muß jedem, außer vielleicht den Insassen des zerstörten Wagens, unsinnig scheinen. In – mal nachschauen – der nächsten Stunde plus vierzig Minuten nach Armaturenbrettuhr, bleibt es uns dreien überlassen, aus dem Erlebnis herauszuholen, soviel wir können. Bei Chantal ist mit keinem sehr bedeutungsvollen Beitrag mehr zu rechnen.

Jedenfalls kommt der vor sich hin dröhnende, störende Tanklaster nicht in Frage. Steht außer Frage. Nichts wird die Symmetrie stören, die mir vorschwebt... Meinst du nicht auch?

Ich habe den alten Pfarrer von LaRoche nie gesehen, aber ich weiß, er hustet viel, und sein Atem riecht nach Tabak, und die Weinflecken sind von seinen Fingern nicht mehr wegzubringen. Aber er schläft tief und lautstark; dessen bin ich mir sicher. Welche Ironie, daß die Raum-Zeit-Koordinaten ihn gewissermaßen zu unserem

Hahn bestimmt haben und daß er nach der unser Schweigen einleitenden Explosion den ersten Hahnenschrei ausstoßen wird. Jetzt erinnere ich mich; erst gestern bin ich in diesem selben Auto gesessen und habe gesehen, wie sich ein altes Paar gegenseitig (nicht in La-Roche; ich bin nie in LaRoche gewesen) über eine Dorfstraße zu einem lebensgroßen und frisch gestrichenen hölzernen Christus am Kreuz hingeholfen hat; er war auf einen Steinblock montiert, nicht weit von da, wo ich in meinem Wagen gesessen bin. Der alte Mann, der die Frau am Ellbogen hielt, ist ein magerer und ganz offensichtlich übellauniger Gefangener dieser Ehe gewesen. Die alte Frau hat krumme Beine gehabt. Oder wenigstens sind ihre kurzen Beine unter ihren schweren Röcken vermutlich auf Höhe ihrer Knie auseinander gegangen und an den Knöcheln wieder hart zusammengestoßen. Dieses Wesen hat, was seine Fortbewegung anging, von seinem lebenslangen Partner abgehangen, der sich neben ihr vorwärtsgeschoben hat. Auf dem alten Mann saß eine weiße Sportmütze, und er trug die neue Lederhandtasche der Frau. Die alte Frau hatte sich einen entsetzlichen violetten Schal schwer um den Hals gewickelt und trug einen kleinen frischgepflückten Blumenstrauß. Na ja, eine einfache Geschichte. Da ging dieses schimpfende Paar an meinem stehenden Wagen vorüber (du mußt dir das Mißverhältnis zwischen dem alten Paar, dem Orange der Dachziegel, dem wartenden Christus und dem beigefarbenen und eindrucksvoll im hellen Sonnenlicht gleißenden Karrosserielack dieses Autos vorstellen), bis die Frau schließlich den hübschen kleinen Blumenstrauß zu Füßen des Christus niederlegte.

Da hast du's. Unser Land besteht aus Hustern und Betern. Die Huster sind mir lieber. Zumindest liegt etwas besonders Anziehendes in unseren Pausenhöfen voller hustender Kinder, findest du nicht? Die einsetzende Infektion ist lebendiger als die Gesundheit, die sie zerstört. Ja, ich weiß diese Keuchmusik und alle ihre kleinen hellen und verpesteten Köpfchen zu schätzen.

Habe ich dir denn nie erzählt, daß ich nur noch eine Lunge habe? Natürlich vom Krieg. Das ist eine andere Geschichte. Vielleicht kommen wir noch darauf. Jedenfalls ist es wahrscheinlich so, daß meine fehlende Lunge vor langem entschieden hat, welchen Arzt ich mir wähle. Weißt du, meinem armen Arzt fehlt ein Bein (das linke, glaube ich), amputiert wurde es nur ein paar Wochen, bevor dem armen Kerl die Frau mit dem Liebhaber davonlief, den sie seit zwanzig Jahren hatte. Es war ein mehrfacher Schock, ein ungewöhnliches Zusammentreffen, und sobald ich davon erfahren habe, bin ich ein weiterer Patient auf der kleiner werdenden Warteliste meines verstümmelten Arztes geworden. Die Verwandtschaft liegt auf der Hand, ganz klar. Jetzt aber wirst du das System durchschaut haben, das hinter meinem ganzen Quatschen steckt und das wie ein gigantischer Schneekristall das ganze Existenzgewebe durchdringt. Aber der Kristall schmilzt, das Gewebe vermodert, ein Ärztebein wird von einem Ärzteteam fein schön amputiert. Trip und Trümmer, wie ich schon sagte. Trip und Trümmer. Das bekommt mir. Für mich ist, wenn du mir den Ausdruck gestattest, das künstliche Glied realer als das andere, natürliche und noch immer von Empfindung durchzogene. Aber ich kenne dich, cher ami. Dich interessiert nicht das amputierte Bein des Doktors, sondern seine davongelaufene Frau. Ja, jeder nach seinem Geschmack. Wenigstens kann ich berichten, daß mein Arzt höchst geschickt ist, und das trotz seiner Zigaretten und trotz seines Händezitterns. Übrigens ist sein Husten fast das schlimmste, das ich je gehört habe.

Du stöhnst ja. Und selbst jetzt haben wir noch eine solche Strecke vor uns, daß ich dir leider raten muß, die Geräusche im Hals steckenzulassen. So ist es besser, viel besser. Ja, mußt du denn die Hände ringen? Denk daran, du sollst Chantal ein starkes Vorbild sein.

Ja doch, mir scheint, eine der größten Belohnungen fürs Fahren bei Nacht liegt gerade darin, daß man so wenig sehen kann, und gleichzeitig so viel. Fahren wir nachts, erwacht noch einmal das Kind in uns, und dann schimmern plötzlich alle diese ganz frühen Empfindungen von Angst und Geborgenheit noch einmal in uns auf und klingen an. Der Wagen ist dunkel, wir hören verlorene Stimmen, die Armaturenanzeigen leuchten; und wir bewegen uns und stehen gleichzeitig still, tief in der Bequemlichkeit der Sitzpolster festgehalten, wie schon einmal in einer Nacht vor dieser da; und doch fühlen wir sogar durch die Weichheit der beigen Polsterung hindurch das ganze krank machende Muster unserer jetzigen Reise. Als Kind haben wir zum Fahrer absolutes Vertrauen gehabt, obschon es immer die begeisternde Möglichkeit eines falschen Abbiegens gab, einen mechanischen Defekt, all die fernen Unwägbarkeiten der Nacht selbst. Und dann gab es Aussicht; wir nahmen wahr, was immer wir durch die Seitenfenster oder auf der Straße vor uns wahrnehmen konnten, und alles hing ja ganz von den Scheinwerfern ab; und eine Sicht, die so unkontrollierbar vermindert war, war natürlich um so großartiger und vergnüglicher.

Jetzt ist es nicht anders. Selbst wenn wir mal nicht an unser geplantes Ziel denken: es ist für mich das letzte blendende Teil eines vertrauten Puzzles, die vierte und solide Wand eines Zimmers aus Glas, der klare Ausbruch des Begehrens, das meinen Kopf nie ganz verläßt, während für dich genau das Gegenteil gilt; denn das, was du über unsere jetzige Fahrt weißt, raubt dir das Vergnügen an dieser Straße, an dieser Nacht, an diesem Gespräch, so daß du und ich gleichsam zwei auf Armlänge voneinander entfernte Tänzer sind; das Ausspeien und das Verschlucken gehen in formaler musikalischer Umklammerung eine Verbindung ein... Aber dessenungeachtet, so sage ich, ist da noch immer die unbezweifelbare Welt unserer Nachtfahrt, und sie ist lokkend, verboten, sehr persönlich; ein in der Tat sehr bestimmtes Geheimnis, da es Kindern, Liebhabern, den einsamen, von einer finstern Stadt zur nächsten Fahrenden gemeinsam gehört.

Ja, heb die Augen. Schau durch das klare Glas der Windschutzscheibe, solange sie noch ganz ist. Da, siehst du, wie die äußeren Wände des Lichtkegels gegen die Flanken der Dunkelheit wabern? Und schau dir mal die wahre Länge unserer gelben Lichtstrahlen an, die Reichweite unserer Scheinwerfer. Wir können bemerkenswert weit nach vorn und auch zur Seite sehen. Schau, der Klumpen wilder Zwiebeln da draußen in der Dunkelheit, und der zerfetzte Baum, und dieser gezackte Brokken in dieser Mulde. Und da, der kleine Wegweiser, nicht größer als der Grabstein auf einem Kinderfriedhof; du hast ihn nicht lesen wollen.

Ich will dir aber was erzählen. Uhrzeit: genau achtzehn Minuten nach eins; und schon in ein paar Augenblicken, sobald uns die lange, unmittelbar vor uns liegende Kurvenbiegung in ihrer Sanftheit an sich zieht – natürlich ist sie noch nicht sichtbar – da erscheinen zu unsrer Rechten ein ziemlich kleiner Olivenhain, eine Steinhütte und ein ruhiger, aber wachsamer Hund. Und wenn du dann, wenn ich es dir sage, hinschaust, siehst du, daß jemand zwischen den Olivenbäumen einige wenige menschliche Besitztümer angehäuft hat: einen weißen Stuhl aus Holz, eine zerbrochene Kommode, einen rohgezimmerten Gartenrechen, einen Stapel Kleider, die man sehr gut Toten ausgezogen haben könnte. Es ist nur schwer einzusehen, daß das Leben der Steinhütte in die Finsternis ausgeleert worden ist, und daß der Olivenbaum nur deshalb schön wirkt, weil er so deformiert ist. Und doch stimmt das alles.

Es ist vergnüglich zu denken, daß heute nacht unser dahinjagender Wagen dem einsamen Hund Angst einjagt.

Weißt du denn, daß Chantal und Honorine mich mal zusammen in die Arme einer wollüstigen Frau gedrängt haben? Wahr. Absolut wahr. Und ich habe nicht widerstanden.

Chantal war damals noch ein Mädchen, und wir sind alle drei in einem ganz ähnlichen Wagen gereist wie dem, der uns jetzt so gefällt. Nach einem Tag mit grauen Wolken, mit ebenen Straßen, mit hoher Fahrgeschwindigkeit, hatten wir gut zu Abend gegessen, und nachdem wir die nebeneinanderliegenden Hotelzimmer mit den hohen Decken, den Marmorkaminen, mit den Tapeten in der eleganten Farbe getrockneter Knochen hinter uns gelassen hatten, waren wir auf einer mondbeschienenen Straße spaziert, die auf einmal von Sommerwärme und Blumengeruch erfüllt war. Die Bewegung eines Schattens, ein offenes Fenster, ein paar Töne Musik, und dann begriffen wir, daß wir genau ins Zentrum des heißen Viertels einer Stadt gekommen waren, die ohnehin schon für ihre Frauen berühmt war. Arm in Arm spazierten wir lachend auf der engen Straße, und

Chantal und Honorine traten beide so auf, als wären sie wohlbekannte Bewohnerinnen dieses liebenswerten Viertels. Und ich ging in der Mitte, spazierte zwischen Chantal und Honorine, und irgendwo sang ein Vogel in einem Käfig, und sogar da, draußen auf der Straße, konnte ich dicke Polsterungen, Federbetten, nacktes Fleisch riechen.

Der Abend verlangte nach Wein. Und die Frau, als wir sie entdeckten, ist viel älter gewesen als Honorine, und sie schien geradezu von einer Bühne der Jahrhundertwende gestiegen zu sein, wo weiße Tönung von Haut und Schwere von Fleisch und Gliedern als besonders bewundernswert galt. Chantal und Honorine sprachen ihr Entzücken laut aus; ich zögerte; die Frau hob das Kinn und lächelte. Und weißt du, Honorine schlug mir in so guter Stimmung vor, ich solle diese Frau genießen, daß ich erregt wurde und einwilligte, daß Chantal und Honorine, welche Schokolade aßen, in einem kleinen leeren Lokal zurückbleiben sollten, während ich ein paar schwerbehangene Zimmer weiter zu ihrem entzückenden Spiel eine Dreiviertelstunde sexueller Wahrhaftigkeit beisteuerte. Als ich mich mit dieser großen, schweren Frau eingelassen hatte, die ihre Reife mit derselben Eleganz genoß, mit der sie in ihrer Haut wohnte, da ist mir gewesen, als käme ich auf Umwegen zu Chantal und Honorine zurück, und, als hätte ich von Mutter und Tochter dasselbe undenkbare Geschenk angenommen. So habe ich dir den Weg gebahnt. Findest du nicht auch? Habe ich nicht mit meinen beiden Frauen, die ebenso dir gehören, eine Familie klein an Größe, groß an Gefühl geschaffen?

Als wir am nächsten Tag durch die unfruchtbaren Sümpfe und an den großen brauen Windmühlen mit ihren traurigen Gesichtern und gebrochenen Flügeln vorüberfuhren, waren wir eine enggeschlossene, lächelnde Dreifaltigkeit.

Aber ich muß dir sagen, diese kleine romantische Geschichte über das Einvernehmen zwischen meiner Frau, meiner Tochter und dieser älteren Liebedienerin erinnert mich stärker denn je an eine seltsame Gefühlsreaktion von mir – eine Reaktion, an die ich mich selten erinnere und die ich sonst nie empfunden habe, nur bei einer der unzähligen Gelegenheiten, wo Chantal als Kind glücklich gewesen ist. Chantal nämlich mußte nur das kleinste Zeichen persönlicher Freude von sich geben, brauchte nur ein Blatt aufzulesen oder Honorine einen Kuß zu geben oder mir mit unverhohlener Freude eine blaßfarbene Illustration in einem ihrer Bücher zu zeigen, um mich in die allerseltsamste Depression zu stürzen. Ich war als Begleiter unübertrefflich für die Stunden, wo sie düster, zornig, ängstlich war, für ihre kindlichen Inszenierungen von Erwachsenenfrust, für ihre kleinen Anflüge von Hilflosigkeit, wenn sie ein leichtes Problem hatte. Wenn Chantal mir aber einmal die Arme um den Hals legte, heiße Wangen bekam oder mir einen Hinweis darauf gab, sie lebe jetzt in einem Augenblick eigenster Glückseligkeit, wie alle Kinder ihn kennen, da wurde ich ihr hoffnungslos fremd und war deprimiert, unerklärlich niedergeschlagen. Während Chantals ganzer Kindheit habe ich immer dann Mitleid mit ihr empfunden, wenn ich hätte zufrieden sein sollen. Ja, ich habe tatsächlich mein eigenes Kind bemitleidet, aber nur dann, wenn es wieder einmal in seinem zufriedenen Zustand war. Und wenn es selber unglücklich war, dann war ich geschäftig zufrieden.

Ich höre, daß du ungeduldig bist. Unter diesen Umständen müssen dich meine womöglich sentimentalen Erinnerungen heftig irritieren; insbesondere weil du dir in punkto Leben soviel mehr vorgestellt hast, als ich für meinen Teil gelebt habe. Und vielleicht hast du meine dunkleren, beinah vergessenen elterlichen Gefühle bereits als Todesangst analysiert und bist sie so losgeworden. Aber ich muß dich noch mal bitten, setz meiner nostalgischen Beschwörung keine Widerstände entgegen, und sei es nur deshalb, weil ihre Quelle versiegt ist, ganz versiegt; und jetzt kann ich für Chantal Liebe empfinden, ohne mich selber so schief ins Zentrum unserer Beziehung zu rücken, wie die fette Traubenbeere, die als Auge und Herzstück ins Knabberbiskuit eingebaut wird. Nein, jahrelang bin ich etwas gewesen, was die übrige Welt als normalen Vater bezeichnen würde, habe nur Freude bei Chantals Freude und Leid bei ihrem Leid empfunden. Meine »Perversion« ist schon lange ausgeätzt seither. Ich verkehre Chantals Gefühle nicht länger ins Gegenteil und übertreibe sie dann. Ich lecke meiner Tochter noch immer gern verschmierte Schokolade von den Fingern, und ich tue es auch ohne die mindesten Folgen. Keinesfalls aber bin ich verantwortlich dafür, daß Chantals Leben weitergeht, und ich habe es schon lange aufgegeben, im voraus wegen seines möglichen Verlustes traurig zu sein.

Weißt du, daß ich jetzt nicht mal Lust habe, in den Rückspiegel zu blicken?

Schau her; die Armaturenanzeigen sind jetzt ein kleines bißchen anders. Das kann dir nicht so deutlich sein wie mir. Aber für mich ist das bloße Steigen oder Fallen von Zeigern, ist der manchmal ungeheuerliche Wechsel von winzigen, präzisen Zahlen hinter schwachbeleuchtetem Glas – ein kleiner Tropfen, der zu schnell oder zu langsam durch seine zerbrechliche Röhre fließt – für mich sind das die wesentlichen Zeichen, die wahre Sprache, wertvoll und verräterisch zugleich. Und jetzt sind die Anzeigen anders. Es gibt geringfügige Anzeichen dafür, daß wir die Reserven dieser superben Maschine allmählich erschöpfen, obwohl natürlich diese Reserven in unserer augenblicklichen Lage unerschöpflich sind und wahrscheinlich tatsächlich schuld sein werden an der Pracht des Geräusches, das unseren armen Pfarrer aus dem Schlaf schrecken wird. Dennoch läuft das Leben des Wagens aus; das Ende unserer heutigen nächtlichen Reise ist nicht so fern, wie man glauben könnte. Natürlich gibt es da steile Hänge, plötzliche Kehren, sogar gnadenlose Wechsel im Straßenbelag; und noch ist genug Zeit, uns etwas abzuverlangen, unsere Aufmerksamkeit voll zu beanspruchen, von unseren lebenden Entitäten das Äußerste zu fordern. Und natürlich kannst du anführen, bisher sei unser Experiment in jungfräulicher Unberührtheit konstant verlaufen, bisher hätten wir in der von der Unterseite des Wagens her zu hörenden Musik noch keine Variationen vernommen; Chantal habe keinen armen verletzten Vogel entdeckt, der unerforschlich hier erscheint und auf dem Sitz neben ihr stirbt. Ja, noch ist alles gleich, noch fühle ich nicht einmal entfernt die Belastung des Fahrens in dieser Geschwindigkeit.

Unsere Lage unterscheidet sich jedoch nicht sehr von meinem Krieg – wie ich das nenne – mit Honorines altmodischer Uhr. Ein plumpes Objekt, das bei ihr an der Wand hängt. Nichts als ein paar Stücke dunkles Holz, eine lange Schnur mit Eisengewichten an beiden Enden, eine kreisförmige, gezahnte Sperrstange, ein horizontales Pendel, das mit hölzernen Klötzen wie eine kleine Barglocke befestigt ist. Es ist nicht mehr als das strikte Minimum einer Uhr; es läßt ebenso an die Arbeit eines Kindes wie ans Können eines geizigen Handwerkers im

Mittelalter denken. Klein, einfach, dunkel, simpel. Und doch stößt diese Konstruktion das lauteste Ticken aus, das ich je gehört habe. Und ein langsames; sie tickt langsamer, härter, als irgend sonst ein Zeitanzeiger aus den Händen irgendeines alten, bärtigen Todessüchtigen aus dem Hochgebirge. Ja, gut, ich kann das Ticken nicht ausstehen. Unerträglich. So halte ich die Uhr bei jeder Gelegenheit an. Aber irgendwie fängt sie immer wieder an und haut ihre unaufhörlichen unmusikalischen Schläge laut heraus, bis ich sie wieder mal unerträglich finde und ihr das Werk verstopfe.

Du kennst, sagst du, die Uhr? Und du hast nicht einmal dem Lärm, den sie macht, zugehört? Ja, selbstverständlich kennst du Honorines alte Wanduhr genau. Natürlich. Was für ein törichtes Überhören. Wir sind uns nicht fremd. Weit davon entfernt. Und wie gefällt es dir, daß dir das, was mir die höchste akustische Pein bereitet, so wenig zusetzt? Aber, was ich sagen will, ist folgendes: daß ich das Ticken dann am lautesten höre, wenn die Uhr abgestellt ist. Genau. Ja genau. Dieser Krieg ist nicht zu gewinnen. Aber er gibt ein hübsches Rätsel auf.

Der Punkt ist der: Unsere jetzige Lage ist wie die alte Uhr meiner Frau. Je tiefer das Schweigen, desto lauter das Ticken. Der Moment bleibt für uns derselbe, während die Stunden wechseln. Und ist es nicht seltsam, daß ich eigentlich sehr wenig über Automobile weiß? Ich steuere sie einfach nur gut.

Ja doch, das war ein Feldhase. Siehst du, es stimmt, jeder sagt es, daß man bei hohen Geschwindigkeiten vom Tod eines Hasen absolut nichts bemerkt. Aber als nächstes wird es regnen, vermute ich, so, als nähme eine unsichtbare Kamera unsere verzweifelten Mienen durch das nasse Glas auf. Vielleicht hättest du besser doch ins Radiohören einwilligen sollen.

Beichte? Eine Beichte? Ja glaubst du tatsächlich, wir drei sitzen hier in dieser, sagen wir mal, besonderen Spannung (wenn mich die Sache auch ganz und gar vergnügt, ist mir durchaus bewußt, daß wir im Inneren dieses warmen Autos irgendwie zusammengefroren sind), bloß damit ich mich hier in schuldbewußten Enthüllungen ergehe und dir ein paar ähnlich leise gesprochene, gebrochen erzählende Partikel entlocke? Nein, cher ami, laß uns anstelle des Ausdrucks »Beichte« einen Ausdruck wie, sagen wir mal, »lebhaftes Tagträumen« setzen. Oder sogar die Wendung: »emotionaler Ausstoß, mit dem Knochenbau des Denkens als Korsett«.

Ich glaube nicht an Geheimnisse – weder an vorenthaltene noch geteilte. Ebensowenig glaube ich an Schuld. Laß uns doch wenigstens zugeben, daß Geheimnisse und sogenannte Schuldhandlungen Fiktionen sind; sie dienen zur Belebung des Gefühls, wir hätten eine persönliche Sphäre; sie speisen unserer Isolation etwas Lust ein, um den Puls dessen zu verstärken, was die meisten Menschen benötigen, nämlich, den Puls des Glaubens ans Leben. Aber sicher ist der »Glaube ans Leben« nichts für dich, nichts für einen Lyriker. Sogar mir ist die Künstlichkeit dieser Idee klargeworden.

Kein Mensch lädt jemals Schuld auf sich, was er auch tut. Da hast du es. Geheimnisse sind etwas für Kinder und für Egozentriker und Sensualisten. Die Schuld ist nichts anderes als ein Schmerz, der verschwindet, wenn wir das Schlimmste in uns entdecken. Absolution ist ein unnötiges, mehr noch, unverständliches Konzept. Ich mache keinen Versuch, mich zu rechtfertigen und dich zu strafen. Du bist nicht schuldig. Ich habe auch nicht einen Moment lang gedacht, du seist es. Was mich betrifft, so würde mein »Schlimmstes« nicht einmal einen verbogenen Löffel füllen.

Und doch gibt es solche unter uns – und ich gebe mir größte Mühe, dich unter unsere wenigen Auserwählten zu reihen –, bei welchen die allergewöhnlichste Art täglicher Existenz teilhat an der widersprüchlichen Empfindung, die wir als Scham kennen. Solchen Menschen erscheint alles, aber auch alles erotisiert. Ein solcher Mensch schreitet durch die Lagerräume eines Schlachthauses in einer Art innerer Hitze, die ihm ein Lächeln aufs Gesicht treibt. Aber wenn wir dem Sensualisten die Scham gestatten und den Institutionen die Schuld verbieten, so einfach darum, weil solche Worte und Zustände eine poetische und keine moralische Funktion erfüllen. In den Händen des wahren Lyrikers sind es Schmetterlinge, die sich hoch oben in den Himmeln sammeln, aber in den Händen der Moralisten oder Metaphysiker sind sie Schießpulver.

Aber du wirst wütend, cher ami. Geduld.

Noch eine Zigarette. Einverstanden. Obschon du wissen mußt: Du wirst mit jeder Minute meinem guten, aber verkrüppelten Arzt ähnlicher; obschon du deine vier Extremitäten völlig beherrschst. Ach, da fällt mir ein: Hätte ich nicht an dem Tag, an dem du unser Haus betratst, das Rauchen aufgegeben, würde ich dich jetzt bitten, langsam durch die Entfernung zwischen uns hindurchzulangen und mir deine frischangezündete Zigarette zwischen die trockenen Lippen zu schieben. Und du würdest das für mich tun. Ich weiß, das würdest du. Und deine zitternde Hand würde gleich unterhalb meines Gesichtskreises einen Augenblick in der Schwebe bleiben; du würdest mir die beiden Hände frei lassen für den notwendigen Griff ums Steuer, bis ich mit den gespreizten Lippen nach dem Zigarettenende schnappte, es fände, es festhielte, den Rauch einzöge. Einer deiner kalten Finger hätte mir sogar die Nasenspitze streifen können, als ich da wartete und dann ausatmete und eine Lunge voll Rauch an die Innenseite der Windschutzscheibe blies: eine stille, einem glatten Ufer entlang sich kräuselnde Welle.

Zigaretten lassen mich immer an Bars denken. Sie erinnern mich an den Krieg, an Menschen, die um einen dunklen Tisch herum reden, an Wein, an die Hand einer Frau auf meinem Schoß.

Nicht doch; nicht einmal diesen einzigen Zug. Nicht einmal jetzt. Es darf nicht sein. Und doch, während dich der Duft deiner Zigarette durchtränkt, und während Chantal das ziemlich fabrikneue Innere dieses Autos notgedrungen riechen muß und es ihr ganz leise bewußt werden könnte, atme ich frische Luft, tote Blätter, reife Trauben. Und die Fenster sind geschlossen. Völlig geschlossen.

Chantal? Hörst du Papas Stimme, als dränge sie durch den Äther? Was immer du vielleicht denkst, ma chérie, egal mit welchen Ungeheuern du dich gerade herumschlägst, du mußt mir glauben, daß deine Anwesenheit hier kein Zufall ist. Das, liebe Chantal, wäre wirklich erniedrigend: so klein zu sein wie du, so jung zu sein wie du, hinter Henri und mir zu sitzen und somit im Wagen ziemlich allein zu sein, mit niemandem, der dich mit einer Berührung oder mit einer wortlosen Umarmung trösten würde (ich meine, so, wie ich dich beim Tod von Honorines Mutter, dieser prachtvollen Frau, getröstet habe); und dann merkst du, daß du nicht nur den beiden Männern wenig gleichst, die miteinander vorn in diesem finster gewordenen und entsetzlich schnellen Sportwagen plaudern, sondern du weißt auch, daß man dich vergißt, daß du nur zufällig da bist, vielleicht sogar ungewollt. Was kann es Schlimmeres geben? Insbesondere weil du ja kein Kind bist, und weil fast der ganze Vorrat deiner jugendlichen Sexualität in deinem kleinen Anteil an Henris dichterischer Vision verbraucht worden ist, und weil du Papas Liebe immer mit besonderem Entgegenkommen beantwortet hast.

Aber so, Chantal, ist es nicht. Du bist nicht einfach ein vergessenes Publikum fürs letzte brennende Gespräch zwischen den zwei Männern im Leben deiner Mutter, von denen du nicht einmal die Gesichter siehst. Keineswegs, Chantal. Nein, ich habe von Anfang an treulichst an dich gedacht. In meiner Vorstellung, Chantal, sind wir immer drei gewesen, nie zwei, und beim Zusammentreffen der Elemente dieses nunmehr unausweichlichen Vorfalls (Monat, Datum, Nacht, Strecke) hast du im Zentrum meiner Aufmerksamkeit gestanden. Ebenso in den letzten, soeben vergangenen Stunden: als ich an dich und Henri gedacht habe, wie ihr euer Abendessen in dem Restaurant fertiggegessen habt; als ich darauf gewartet habe, daß der Tankwart seine Bewegungen ausführte, um diesem geräuschlosen Wagen das letzte Mal den Tank zu füllen; als ich an meiner Armbanduhr das Näherrücken unseres Rendezvous abgelesen habe, sogar als ich so unerwartet aufs Gaspedal gedrückt, unsere Geschwindigkeit heftig hinaufgetrieben und damit unser lebhaftes Gespräch unterbrochen und den wahren Stand der Dinge deutlich gemacht habe: Dabei bist überall du die dritte Person gewesen, unentbehrlich, von nicht geringerer Wichtigkeit als Henri und ich.

Daß der schutzgebende Elternteil sich als sein Gegenteil entpuppt, daß der contrat social der Familie sich als der Schlangenkorb mit der giftigen Natter herausstellt; daß man unmöglich die Größe dessen, was dein Vater tut, an dem messen kann, was sich bald ereignen wird – darin liegt eine Enttäuschung, über die ich jetzt nicht debattieren kann. Aber wenigstens darf ich dich in der anderen Sache beruhigen: Du bist jetzt hier, zusammen mit Henri und mit mir, nur dank meiner starken, ergebenen Zuneigung; meine arme Chantal. Jetzt kann dir niemand mehr Vaters Liebe rauben.

Wir beide sind wie Krähe und Kanari, cher ami. Solch ein Unterschied zwischen uns. Und doch sind wir beide Löwen, Leos. Fast könnte schon das mein Interesse an der Astrologie wecken. Wenigstens ist es eine Tatsache, die mir helfen sollte, meinen Spott über das neue astrologische Zeitalter der Jugend wirksamer zu unterdrükken. Natürlich ist mein Hohn eher der eines Sympathisanten als der eines Verächters: Man kann nicht einfach verächtlich grinsen, wenn man auf den Ärschen der engen ausgewaschenen Hosen unserer jungen Burschen und Mädchen Sternzeichen eingenäht sieht. Das sieht ihnen ähnlich, an das alte Zauberzeug glauben und dann diese zukunftweisenden Zeichen so einfältig-unschuldig auf ihren Hosenböden zur Schau stellen.

Ja, du und ich, wir sind Löwen. Ein unzerreißbarer Faden mehr im Gewebe. Was bedeutet das? Ist es die allergröbste Ironie, oder macht es uns etwa den Weg zur Versöhnung frei? Ist es ein Hohn auf unsere Unähnlichkeit, oder ist es ein Hinweis auf die Natur dieser eigentümlichen Verwandtschaft, die uns offenbar eint? Vielleicht wird dein künftiger Biograph in unserer astrologischen Übereinstimmung den Schlüssel zu dem finden, was für immer als dein »unzeitiger Tod« bekannt bleiben wird. Wer weiß?

Jetzt erinnere ich mich vermutlich an den alten Spruch, daß ein Lyriker immer das Gesicht eines Kriminellen hat. Und du hast so ein Gesicht. Du und ich, wir wissen nur zu gut, daß du in der Öffentlichkeit an deinem kurzen Haarschnitt, an deiner äußerst weißen Haut, am aufgerauhten Gewebe dieser weißen Haut erkannt wirst, und an den harten Augen, die zugleich naß und stets mißtrauenerweckend wirken, so, als hätte eine Schwarzweißaufnahme ihnen das Blau ausgesogen. Siehst du dich allmählich selber, cher ami? Dein Gesicht ist das eines Verbrechers, das eines Liebhabers aus den niedrigen Gesellschaftsschichten, dir gehört das Gesicht eines Menschen, der soeben in einer fremden Wohnung auf einem verkommenen Sofa gestorben ist, und der dort liegt, als wäre er lebendig, aber er wird schon kalt, eine Hand hängt auf den nackten Boden herab, und der eingefallene Schädel wird von zwei billigen Sofakissen eingerahmt und gestützt. Und egal, wie du dich anziehst, ob konventionell wie im Augenblick, bescheidener dunkler dreiteiliger Anzug, also genauso glanzlos ausstaffiert wie ich selber: als wären wir aus verschiedenen Büroräumen getreten, bloß um uns im selben veralteten Eisenbahnzug zu treffen – oder ob du locker angezogen bist, leicht zerknittertes hellviolettes Hemd mit gelockerter Krawatte, wie ich es an dir oft gesehen habe – du magst tragen, was du willst, für mich bist du immer gleich angezogen: schwarze Hose und weißes Hemd, Kragenknopf geöffnet, ohne Krawatte und leicht fleckig. Die Tracht von jemandem, der unmittelbar vor der Exekution steht, die Tracht des niemals lächelnden Lyrikers, dessen Bild so oft inmitten des festlichen Publikums in der Stierkampfarena aufgenommen wird.

Und wir wollen mal lieber nicht deine Zeit als Patient

in der Nervenheilanstalt vergessen. Wir wissen alle über deine damaligen munteren Tage bestens Bescheid, cher ami.

Ja, ich kenne dich gut. Nur ein Löwe konnte dieses Image so pflegen: »Mann, der lebendig aus dem Tunnel wieder herausgekommen ist« oder, »Mann, der die unüberwindlich breite Kampfarena durchqueren konnte«. Immer dasselbe: Du bist wie ein Mann, der sein Leben in intensivem Sonnenlicht verbringt und die ganze Zeit über nicht röter, dunkler, sondern immer weißer wird, so, als sei deine Existenz ein Ergebnis kalkulierten Überlebens; was dann an deinem leichenartigen Aussehen schuld wäre, das wiederum auf Frauen so anziehend wirkt. Du bist offenherzig, du rauchst Zigaretten, du bist offenbar mit mindestens der Hälfte aller professionellen Toreros befreundet, welche gegenwärtig mit den majestätischen Stieren arbeiten, wie einige Leute sie nennen.

Und du hast deine Tage, deine Monate in Abgeschiedenheit verbracht. Wir brauchen nur deinen Namen oder, noch besser, deine Fotografie oder gar dich als Person kurz in den Blick zu kriegen, um einer hellen Sonne und endlosen Ausblicken in heißen, lichtgegerbten Sand gegenüberzustehen, kurz, dem Schauspiel eines Mannes, der immer den Eindruck vermittelt, tot gewesen und dann freudlos auferstanden zu sein – immerhin auferstanden. Natürlich heißt dein Leiden Männlichkeit; oder vielmehr drängt uns jeder Augenblick deiner Existenz die Illusion einer aus grenzenlosem Leiden erwachsenen Weisheit auf; damit erzeugst du solche Angst vor dir und solche Bewunderung für dich. Um es anders auszudrücken: Du bist bisher sehr gut gefahren mit deiner Kombination von behaarten Armen und schlechter Stimmung. Aber ich will dich nicht mit Beleidigungen in

Wut reden. Jedenfalls wirst du nicht leugnen wollen, daß du in dir selber folgende brillante Anomalie zur Vollendung entwickelt hast: den Lyriker als eine Verbindung von Erotiker und Pragmatiker. Obschon du nur Gedichte schreibst, bewundern dich die Leute wegen deiner verzweifelten Courage. Bekanntermaßen hast du eine Art Mythos der »grausamen Teilnahmslosigkeit« entwickelt; was nur ein anderer Ausdruck für Löwenmut ist. Sogar ich gehöre zu deinen Verehrern. Laß dir das mal durch den Kopf gehen.

Deine Bescheidenheit? Ehrlichkeit? Demut? Angst? Mir sind sie alle klar. In dir sind diese Eigenschaften aus demselben soliden Silber geschaffen wie deine Courage. Ja, du gehörst zu der Sorte Männer, die immer in Begleitung einer Frau sein sollten; falls sie die Frau von einem so privilegierten Mann wie mir wäre. Nur eine solche Frau könnte als deine Muse gelten und deine Courage bezeugen.

Aber mir ist ein Feigling lieber.

Kann es überhaupt sein, daß auch ich ein Löwe bin? Ich, der ich den Stier, wenn überhaupt, wegen des Mißverhältnisses zwischen seinem großen schlaffen Buckel und seinen kleinen Hufen spannend finde? Ich, der ich keines dieser äußerlichen Persönlichkeitsmerkmale an mir habe, die dich zieren, cher ami, so wie Banderillas, die dem Stier im Buckel stecken und hin und her schwingen? Ich, der ich das Gepränge und die Frivolität organisierter Sühne verachte? Ich, dem der Fensterreiniger auf einem hohen Gebäude beachtenswerter erscheint als dein Torero im Augenblick seiner höchsten Gefahr? Ich, der es ohne eine Muse schaffen muß und für den Lyrik im Wettbewerb mit journalistischem Exhibitionismus noch immer weit abfällt? (Die Lyrik meiner gegenwärtigen Begleitung ausgenommen, cher ami.)

Ja, vielleicht bin ich nur das Produkt eines astrologischen Irrtums oder, wahrscheinlicher noch, das einer falschen Eintragung in deiner Geburtsurkunde auf dem Einwohnermeldeamt. Vielleicht bin ich nur eine Leo-Imitation, ein Mensch, der sein Leben im falschen Sternzeichen zugebracht hat – der auf deiner inneren Charakterstärke thronende Feigling. Welche Ironie in diesem Falle, daß wir heute nacht hinter dem Steuerrad nicht den Lyriker vorfinden, sondern nur den Mann, der dem Kinde Disziplin beibringt, der den Braten vorschneidet. Letzten Endes muß die Krähe ihrem Freund, dem Kanari, gar nicht so furchtbar unterlegen sein.

Es ist schon richtig, daß ich Kälte absolut nicht ertrage. In ihrer ganzen Gutmütigkeit hält Honorine es für mein ernsthaftestes Versagen, daß ich vor der Macht des fallenden Thermometers noch immer unausweichlich kapituliere. Das schockierende Weiß unserer Bettbezüge, der Hauch des herannahenden Winters im Nacken, die schmerzvolle Empfindung von Kälte, die sich – wie Wasser auf Bodenfliesen – über die Unterseite meiner Schenkel ausbreitet, das Frösteln, das meine Hand auf der Oberfläche meiner eher knochigen Brust (trotz Flanellhemd, Wollpullover, Tweedjacke) immer entdeckt, ein plötzliches und unerfreuliches Taubwerden meiner Nasenspitze – all dies ist eine Überempfindlichkeit, die mir sogar selber leid tut. Was gibt es Feigeres als Angst vor Kälte?

Ja, ich kämpfe gegen Durchzug. In der Tat klage ich bitter über Eisspuren am Fenster, über Windgeräusche in unserem gewölbten Kamin, über den Feind, der die Kerzenflammen zum Tanzen bringt. Weißt du, daß ich heftig leide, weil eines meiner Ohren immer kälter ist als das andere? In meinen dicken Socken und englischen

Schuhen werden mir die Füße langsam steif, die Kälte in meinen Händen ist durch allerheftigstes Reiben nicht wegzubekommen, vorwurfsvoll sage ich zu Honorine, die Wände seien kalt, das Feuer sei zu klein, jemand habe eine unserer dicken Eichentüren halb offen gelassen. Aber du hast meine Klagen gehört. Du hast sogar angemerkt, daß ein altes Château kein guter Ort für einen Mann ist, der zu jeder Jahreszeit widerwärtige Luftzüge ausfindig macht.

Und doch, du kannst nicht wissen, was es heißt, an den Ellbogen zu frieren. An den Ellbogen ist es am schlimmsten. Weil die beiden kleinen Feinde »Stumpfwerden« und »Nichtkönnen« in ihnen offenbar am leichtesten, am bequemsten sitzen, als böten die fast nackt an der Oberfläche liegenden Ellbogenknochen die größte Anziehung für diese Empfindungen vom Eis – diese zwei allegorischen Gesandten –, und das Eis kriecht bereits über die Oberflächen unserer letzten Nacht und wird hart. Ja, Honorine duldet meine wahnhafte Überempfindlichkeit. Sie verzeiht, ist nachsichtig, gutmütig, trotz ihrer kritischen Anmerkungen und trotz dieser ganzen Jahre, die mit langen Kleidern, mit heißen Feuern, mit weichen und wärmenden Fellen toter Feldhasen verbacht wurden. Und trotzdem; noch Stunden, nachdem ich so gut wie möglich wieder zu Lebensbedingungen mit – wie man sagt – annähernd normaler Körpertemperatur zurückgekehrt bin, gerade da bemerke ich die in meinen Ellbogen steckende Kälte am deutlichsten, sowie den Umstand, daß ich mich nie ganz bequem fühlen kann; während Honorine ihrerseits nie friert. Ja, tatsächlich ist es ganz fürchterlich, wenn man seine Frau nachts nicht anrühren kann, ehe man sich die Hände in einem Lavabo mit lauem Wasser aufgewärmt hat. Es ist nicht vergnüglich, wenn die eigene Frau dann zusammenzuckt, sogar in der Hitze ihrer stets sensiblen erotischen Großzügigkeit.

Aber ich hoffe, hier ist es nicht zu heiß für dich. Sicher kannst du verstehen, daß gerade heute abend der Heizungsregulator genau und, ich gebe es zu, auf Maximalstufe eingestellt ist. In diesem Fall ist die dir zugefügte Unbequemlichkeit ganz einfach nicht mit der zu vergleichen, die ich mir zu ersparen trachte. Meinst du nicht auch?

Da denkst du also, ich wolle dich einfach mit Worten hereinlegen. Du meinst, ich wolle den letzten Rest Zeit, den wir zusammen verbringen, wegschwatzen, nur um mir die leiseste Möglichkeit eines Sinneswandels kaputtzumachen. Du meinst, ich schlüge den letzten Dialog unseres Lebens ins Leichentuch der Unwirklichkeit, in den Schnee des Vermeidens. Du glaubst, ich mauere mir eine Zitadelle aus Schönfärberei, meine ganzen ausbalancierten Sätze seien das Werk reinen Selbstschutzes, und daß du, wenn du mich nur dazu bringen könntest, indirekt den Wert deines Wortes – dieses Wortes – als der einfachsten und klarsten Definition des beabsichtigten, außer dem Fahrer noch weitere Personen einschließenden Autounfalls anzuerkennen, einen Aufschub herausholen könntest; wie ich dir aber von Anfang an klarzumachen versucht habe: Diesen Aufschub wird es nicht geben. Ja, Vorsicht, cher ami. Vorsicht.

Aber vielleicht hast du recht. Vielleicht ist »Mord« das richtige Wort dafür, obschon es eine Beleidigung für mein Ohr und für meine Absichten ist. Jedoch ich verfüge über keine feste und berechenbare Persönlichkeit, und vielleicht hast du recht. Auch ich bin offen für neue Definitionen. Laß uns gemeinsam einräumen, daß »Mord« immerhin eine Möglichkeit ist. Laß uns diese

Bezeichnung sozusagen in Reserve halten, für die Stretta des Finale. Ich verlange allerdings, daß du dann neue und treffendere Bedeutungen dieses häßlichen Wortes findest, und daß du dich ganz objektiv zu glauben – zu glauben – bemühst, daß es in den von mir skizzierten Regeln unserer, sagen wir mal, privaten Apokalypse keine Ausnahmen geben kann. Es ist wie ein Spiel: Ich kann den Gedanken, es sei »Mord«, nicht akzeptieren, ehe du nicht auf den eingebildeten Trost des Aufschubs verzichten kannst. Wie können wir beide denn miteinander sprechen, wenn es dir nicht völlig deutlich ist, daß wir zwei sozusagen von derselben Brücke springen?

Das erinnert mich an ein seltsames Vorkommnis in meinem frühen Mannesalter. Es geschah, als Honorine noch nicht viel mehr war als ein verführerischer Umriß an meinem schwarzen Horizont. Und doch war er sehr lehrreich, dieser kleine Vorfall, und er mag sehr wohl der Schlüssel zum Anfang meiner romantischen Liaison mit Honorine und sogar ein Schlüssel zur dauerhaften Stärke meiner Ehe sein. Sicher bestimmte oder zeigte er die Natur des Lebens, das ich von nun an leben würde, ebenso klärte er die Natur des Mannes, der ich soeben geworden war. Es handelt sich um eine Art Travestie, mit einem Wagen, mit einem alten Lyriker und mit einer jungen Frau. Vielleicht kommen wir noch darauf zu sprechen. Vielleicht. Jetzt nämlich mußt du mir ganz einfach glauben, wenn ich sage, daß mein frühes Mannesalter dank diesem eigentümlichen Vorfall sein schöpferisches Moment hatte. In meiner Jugend hatte auch ich ein, zwei Augenblicke lang diese »grausame Teilnahmslosigkeit« erfahren, welche dich dann berühmt machen sollte: eine weitere Ähnlichkeit zwischen dem Kanari und der befreundeten Krähe. Jetzt mußt du aber einsehen, daß du das psychische Spektrum von – wie wir sie nennen wollen – Angehörigen der privilegierten Gesellschaftsklasse immer unterschätzt hast.

Wenigstens hast du Honorine immer geschätzt. Ja, wer täte das nicht? Ist nicht ihre ganze Gestalt die genaue Verkörperung dessen, was wir an der Frau am wenigsten zu finden erwarten, die sich auf den ersten Blick vollständig enthüllt, egal wie groß die Anziehung wird. Stell sie dir jetzt vor, und zwar nicht, wie sie in ihrem massiven antiken Bett schläft, sondern draußen, wie sie sich über ihre Rosen beugt, oder, vielleicht besser noch, in unserer großen Halle, sie sitzt auf ihrem Lederdiwan und trägt ihre enge pflaumenfarbene Samthose und eine weiße Leinenbluse. Nur wieder mal eine attraktive, jung aussehende verheiratete Frau aus der privilegierten Klasse, so steht zu vermuten. Nur wieder eine dieser konventionellen Frauen, die, sagen wir mal, den passenden Rahmen in ihrem Scheckbuch und in ihren glücklichen Kindern und in einem eigenen Auto findet. Wir sehen sie vor einem Hintergrund aus gelbem Stoff, auf dem ein geschmackvolles Arrangement von Baumstämmen und kleinen Vögeln aufgedruckt ist; wir wissen, daß in ihrem näheren Umkreis alles in angenehmem Glanz, in einem Zusammenwirken von vertrauter Eleganz erstrahlt; wir erkennen, daß sie weder groß noch klein, weder schön noch nichtssagend ist, trotz ihres goldenen Haares, das sie nach der Tagesmode kurz und federnartig abstehend trägt; wir erwarten kaum mehr von ihr, als daß sie eine freundliche Person, eine Freundin mit Freundinnen, eine glückliche Mutter, eine hübsche Sportlerin sei, jemand, der Bücher liest und die Restaurierung eines alten Châteaus beaufsichtigt und insgeheim sich ein besseres Leben vorzustellen sucht. Eine große, aber eine nach

Fleiß aussehende Brille aus gelblichem Schildpatt, Schuhe, die den ästhetischen Reichtum des Landes, aus dem sie importiert worden sind, ausstrahlen, ein mit seltenen Steinen überbesetzter Hochzeitsring, ein angenehmer Verstand, der das ovale Gesicht ergänzt, eine aufgeschlossene Persönlichkeit, der man das vor nur wenigen Augenblicken genossene heiße Bad ansieht – diese ganzen überdeutlichen Zeichen haben wir beide in der Vergangenheit nur allzuoft gemustert, nicht wahr? Steht damit nicht die junge, nicht ganz junge Frau vor uns, die es nicht ganz mit den bezahlten Modellen der Modemagazine aufnehmen kann, die aber dennoch unseren Blick auf sich zieht? Die junge Matrone, die nicht ganz die Qualitäten hat, neben der auffälligen Matriarchin auf der Titelseite zu stehen, aber doch wohltuend genug ist, um uns an einen Honigtropfen auf einer Glasplatte denken zu lassen? Wenn sie das ist – eine Frau in Tennisshorts, die Person, die lächelt, die Ehefrau mit gepflegten Beinen, an welchen sich die ersten Krampfadern zeigen – dann haben wir so etwas auch schon gesehen und können sie nicht besonders interessant finden. Alles an einem solchen Menschen verweist auf seinen bärtigen Vater: die im voraus auf die Pflege luxuriöser Rosen trainierte Hand, ein gewisser Intelligenzschimmer in den Augen: letztlich aber die unmißverständlichen Attribute eines in letzter Instanz zur Unerfülltheit verdammten Frauenlebens – nicht interessant für uns. Nein; wenn nur ein Honigtropfen auf einer Glasplatte winkt, werden wir kaum unsere Zeit verschwenden oder die Risiken einer Verführung auf uns nehmen. Sie soll in ihrem alten Château bleiben, dort gehört sie hin, umrahmt von Ehemann und Kindern und von ihren ganzen unsicheren Privilegien, so, wie sie es verdient. Bestenfalls wird diese Frau in uns gerade noch Stolz oder Rührung erregen, weil sie, wie sie da steht, eine schon allzu entfernte Nachfahrin jener Gräfin ist, welche in altersloser Verführungskraft Gott weiß was für eine nackte Herrschaft im Boudoir ausgeübt hat.

Aber wie falsch ist das alles, wie unstimmig. An der Oberfläche stimmt es, und doch ist es völlig falsch. Ja, du und ich wissen es besser, nicht wahr? Wir wissen alle beide, daß die Schönheit unserer Honorine zwar so ist und daß sie alle diese verschiedenen Bezeichnungen tatsächlich verdient, und doch sind ihr genau die Diskretion, der Charme und die sinnliche Sicherheit eigen, die wir uns nicht hätten vorstellen können. Zu diesem Thema wirst du mich ausreden lassen, dessen bin ich mir sicher.

Denk doch mal daran: Du sitzt neben ihr auf dem cremefarbenen Lederdiwan; du ziehst ihr die eulenhafte Brille aus und stellst fest, daß ihr die Angst in den Augenwinkeln sitzt; die große Halle ist still, wächsern, erfüllt mit dem letzten Nachglühen der späten Sonne; du stellst fest, daß das in deine Richtung gedrehte Gesicht kräftig ist, daß das Lächeln aber als schüchtern gelten könnte; deine Hand weidet auf dem keuschen weißen Leinenstoff der Bluse, die sie, ihre Augen auf dich gerichtet, mit offensichtlich entspanntem Körper selbst aufzuknöpfen beginnt, als dächte sie an nichts; erleichtert stellst du auf ihren sonst konventionell weißen Zähnen eine liebenswerte Tabakfärbung fest; und dann kniest du auf einmal, wie eine Figur aus dem Schatz unserer Erotica, auf dem polierten Steinboden und hältst eine feste Fessel in einer Hand, und in der anderen den Absatz eines Schuhs, der offenbar aus dunkler Schokolade gegossen wurde. Und dann beugt sie sich nach vorn, stützt sich auf deine Schulter, befreit sich selber aus den Schuhen, die du ihr nicht hast ausziehen können, erhebt sich dann und hat einen Augenblick lang mädchenhafte Schwierigkeiten mit dem Reißverschluß der pflaumenfarbenen Samthose. Nun ja, so stellen du und ich es uns vor: das Verschwinden der Samthose, die Kraft und Wohlgeformtheit der Hände, die den Slip abstreifen, der klare, unsichere Klang der Stimme, mit der sie anmerkt (ganz fälschlicherweise, wie alle meine Fotografien bezeugen), daß sie im Ausziehen nie sehr gut gewesen sei. Und da, auf Augenhöhe, denn du kniest immer noch, finden wir das leichte Vorstehen des Hüftknochens, das bescheidene Erscheinen des geheimen Haars, das hätte rasiert sein können, war es aber nicht, das periphere Erscheinen des allerkleinsten Nabels, entstanden durch bloße Berührung eines heißen Eisens mit dem weichen und gewöhnlichen Fleisch. Und mehr noch, viel mehr; nur du und ich können es wissen. Weil du gerade an der Stelle, als Schmuck der schmalen Gegend zwischen Nabel und Schamhaar, wieder einmal das Bündel blasser Purpurtrauben auf gelben Stengeln siehst – auf gelben Stengeln! –, welches unserer Honorine in Locken vom Nabel fällt, oder, andersherum gesagt: welches dem erogenen Umriß unserer Honorine die Krone aufsetzt; so, wie es das schon tat, als sie nichts weiter als eine überraschend exzentrische junge Frau war. Traubenbeeren, cher ami, eine Tätowierung mit rauchigen Traubenbeeren, die sich bewegen, wenn sie atmet und wenn an ihrem Unterleib die leichteste Zukkung oder Wellung feststellbar ist. Wenn man einmal das gesehen hat – wer würde da noch eine eingrenzende Beschreibung unserer Honorine wagen?

Ja, du und ich, wir sind die Füchse für diese reifen Trauben gewesen, nicht wahr? Zu denken, daß sie, diese schlafende Honorine auf unser Vorüberfahren wartet.

Doch, jetzt darfst du wieder Atem holen, so wie ich. Das ist eine gefährliche Kurve, du hast gesehen, welche Mühe sie mir gemacht hat, trotz meiner Streckenkenntnis und ungeachtet des perfekten Timings – vielleicht fast-perfekten Timings, sollte ich sagen –, mit dem ich mich wieder einmal gegen die Tücken der Straße gewappnet habe. Ja, eine äußerst schwierig zu nehmende Biegung, wirklich ein bedrohlicher Moment, wie du es dem Gesang unsrer Reifen und meinem Schweigen und der eisernen Hand, mit der ich das Steuer hielt, hast entnehmen können. Natürlich hast auch du diese uns plötzlich überschwemmende Zentrifugalkraft gespürt, das flaue Ekelgefühl, das uns anzeigte, wir könnten unter Umständen tatsächlich von der Straße abkommen. Aber alles ist okay, vorbei die Unsicherheit, wir sind aus der Kurve rausgekommen, wieder kleben wir sicher auf dem irdischen Pfad unserer Fahrbahn – auf unserer weißen Straßenkarte sieht sie genau wie ein Drachenkopf aus, den eine brutal gespitzte und in Blut getauchte Feder gezeichnet hat. Aber gerade durch solche Zwischenfälle wie soeben, wo auf einmal die ganze Unvernunft der Nacht über uns hereinbricht, da können wir uns selber wie durch die Augen eines alten, schlaflosen Ziegenhirten auf einem entfernten Hügel sehen: für ihn sind wir nichts weiter als dieser kurze, unberührbare Lichtkegel, der unpersönlich – höchst unpersönlich – die unheilvolle Durchfahrt eines unsichtbaren und sogar folgenlosen Automobils durch das feucht-kalte Medium der schwarzen Nacht anzeigt. Dann sind wir auch schon vorbei und fort.

Sind wir bereits. Schon geschehen.

Chantal! Ist das die Möglichkeit? Hast du Papas ausdrücklichen Befehl vergessen? Bist du wie eine arme kindliche Schlafwandlerin aus deinem Gurt geschlüpft und hinabgekrochen, hinunter in den engen, aber dick mit Teppichen belegten Fußraum, zwischen den Rücksitz und die beiden Vordersitze? Du, Chantal, du möchtest dich da hinten unten vergraben wie ein kleines erschrockenes Tier oder wie ein tränenüberströmtes Kind? Das ist aber eine jammervolle Bewegung wie aus einem Revolverblatt. Du könntest deinem Papa nicht heftiger weh tun; er verzweifelt an der Vorstellung, daß du dir jetzt ausschließlich der Bürde deines eigenen reinen und höchst bedeutungslosen Gefühlssturzes bewußt bist. Ich hätte nicht gedacht, daß du dich so aufführen würdest, Chantal. Sicher hast du keine besseren Aussichten davonzukommen, wenn du dich flachlegst oder in Fötalstellung gehst oder deine Knie an die Schultern nimmst und dein zerstreutes Gesicht mit deinen schönen kleinen Händen bedeckst. Alles vergebliche Anstrengungen, leider, mußt du doch wissen. Aber vielleicht willst du einfach nur der Stimme deines Vaters entrinnen. Könnte es das sein? Hörst du lieber die feine leise Musik unseres Kardantunnels als die Wahrheit in der Rede deines Vaters? Aber noch hast du Zeit, dich zu erholen und dich wieder auf deinen Sitz zu setzen und dich an der Beweisführung, an den Analysen unserer Debatte zu beteiligen.

Du bist ja doch fast fünfundzwanzig Jahre alt. Und zugegeben, ich habe dein Schluchzen erträglicher gefunden als diesen plötzlichen, sich in Krämpfen windenden Rückzug. Ja kannst du denn nicht sehen, daß dein Zusammenbruch zumindest eine riesige Ablenkung ist? Laß dir das mal durch den Kopf gehen, Chantal; vielleicht haben wir bei der nächsten Kurve nicht so viel Glück.

Ja, da haben wir es, cher ami: Meine eigene liebe Chantal liegt hinter uns, Gesicht nach unten. Wieviel schlimmer, als ich es mir dachte, ist das alles doch für mein armes Kind. Und vor nur wenigen Tagen habe ich Chantal von unserem Schlafzimmerfenster aus in dem ansonsten leeren Hof beobachtet, wie sie gerade von ihrer Reitstunde kam, Kordreithosen und schwarze Stiefel anhatte und genau diesem Auto entstieg, allein, nur mit dem Afghanen ihrer Mutter, den sie an einer Lederleine hielt. Die Kieselstein wie Laibe von schimmligem Brot; der lange, beige getönte Wagen; der Hund in seinem seidenen braunweißen, in der kühlen Nachmittagsbrise wehenden Fell; die kleine und bewegliche Frau mit ihrem dunklen Haar, ihrem olivfarbenen Teint, in schwarzen Reitstiefeln; der Hund machte sie klein – in Sicherheit vor den langen Wellen des Bedauerns, das ich bei derselben Szene in früheren Jahren empfunden hatte, mußte ich diesen Auftritt bewundern. Mir war jedoch klar, daß Chantals energiegeladene Anwesenheit im Hof unten den Eindruck von Verlassenheit noch gesteigert hat, den ich am Château meiner Frau besonders schätze, gleichsam als könnte man einen Blick auf einen leer hinter dem eisernen Tor des Schlosses stehengelassenen großen modernen Wagen erhaschen – dort, wo die schlafende Prinzessin in ihrer ganzen Blässe liegt. Daran habe ich an meinem Fensterplatz gedacht. Was aber meine Aufmerksamkeit am stärksten erregt hat, das ist die schiere Kraft der jungen Frau da unten mit dem Hund gewesen. Wie straff sie in ihrem kleinen Körper steckte, und wie sehr sie sich in ihrem dunklen Teint von unserer schönen und langsam daherschlendernden Honorine unterschied. Ja, Chantal hat die kleine Gestalt und die rosen- und olivenfarbene Schönheit von ihrer Großmutter, jener Frau von kleinem königlichem Wuchs und römischem Profil. Seltsam, daß nichts von der anziehenden Dekadenz der alten Dame in den Zügen unserer Honorine zu finden ist.

Aber jetzt ist es zusammengebrochen, das »Porno-Kerlchen«, das mir zum Kind der Renaissance geworden ist. Vor einigen Tagen habe ich ihr zugesehen, wie sie schnell, glücklich den Hof überquerte, ein bißchen aus der Form durch ihr Reiten. Der große dünne Hund verschwand aus der Sicht, lief zu den klickenden Absätzen meiner Tochter. Sie ließ beim Wagen, diesem Wagen, die Türe auf der Fahrerseite weit offen, und sie ließ ihn stehen. Ich lächelte. Jetzt liegt Chantal hinter uns; ihr Körper ist auf dem Wagenboden zusammengekrümmt wie die Leiche einer entführten Prominenten. Sie ist eine beinah zerstörte Kamee. Und doch; muß ich noch sagen, daß Bedauern etwas ganz anderes ist als Trauer?

Ich bedaure zwei wichtige Punkte. Nur zwei. Erstens, daß der Unfall, der bald einmal als »Vorfall beim kleinen Dorf LaRoche« in der Berichterstattung auftauchen wird, notgedrungen ein Feuer auslösen muß; zweitens, daß die Überbleibsel des Unfalls unausweichlich verschwinden müssen.

Sicher sind solche Überlegungen nicht wichtig. Selbst jetzt kann ich deinen Einwand hören, meine Raffinessen seien für dich höchstens Alltäglichkeiten, welchen die Funktion unerträglicher Foltern zufalle, oder, meine ausführliche Erörterung gewaltsamer und unansehnlicher Einzelheiten in einem Augenblick wie diesem laufe bloß noch auf ein unfaires Reißen an den Angelhaken hinaus, die sich bereits unter deiner Haut verfangen hätten. Aber selbstverständlich akzeptiere ich den Begriff der Alltäglichkeit niemals; Art und Ausmaß einer physischen Beschädigung können nie alltäglich sein, nicht einmal wenn man sie am unersetzlichen Verlust von drei Leben mißt. Und sicher brauche ich dich nicht daran zu erinnern, daß es mir mit der Sache ernst ist und daß mir darum an einem Zufügen von unbedeutendem seelischen Schmerz nichts liegt. Andrerseits: Wenn du wirklich nachdächtest, wenn du nur ein bißchen mehr an unserer Debatte teilnähmst, dann könntest du ja antworten, daß jede spekulierende Phantasie für einen Mann, der sich eine absolute, oder, so könnten wir sagen, eine umfassende Kontrolle dieser unmittelbar bevorstehenden letzten Lebensminuten gesichert hat, zu einer schieren Übersättigung der Genußsucht werden muß. Was, so fragst du, ist er noch nicht zufrieden mit dem erreichten Zustand, mit all den handgreiflichen Beweisen des schrecklichen Schlags, den er seiner Tochter, seinem besten Freund, sich selber versetzt, sondern muß sich der Kerl noch stärker aufblasen und vor seinen Augen, in seinem eignen Kopf sogar die Weiterungen jener Situation ausmalen und arrangieren, in der wir drei gar nicht mehr existieren werden? Jetzt geht er aber zu weit, sagst du, endgültig zu weit. Ja, das ergäbe eine hübsche Rede, wenn du sie halten könntest. Aber selbst wenn du mir mit dieser ziemlich zweifelhaften Art von Logik kämest, würde meine selbstverständlich prompte und gutgelaunte Erwiderung sogar dich überzeugen: daß nämlich genau dieser Gedanke im Mittelpunkt unserer gemeinsamen Nacht liegt; daß es nichts Wichtigeres gibt als die Existenz dessen, was es nicht gibt; daß ich lieber zwei im Kopf flackernde Schatten sehen würde als alle deine flammenden, in eine Reihe gestellten Sonnenaufgänge. Da hast du die Theorie, an der ich festhalte wie die Wespe an ihrem Stachel. Ohne sie bliebe uns nichts anderes übrig, als unseren letzten Rest gemeinsamer Zeit zu verflüssigen, indem wir die für diese Gelegenheit gekaufte und soeben geöffnete Flasche Cognac in ihrem Dunst herumgehen lassen. Aber dank meiner Theorie ersparen wir uns eine so unerträgliche Vergeudung. Für dich, für mich kommt kein allmählicher und alkoholseliger Bewußtseinsverlust in Betracht. Schließlich sagt uns meine Theorie, daß wir die Kraft haben, die Welt zu erfinden, die wir verlassen. Jawohl: Die Kraft, die Welt zu erfinden, die wir verlassen. Es ist so, als stürbe der Vogel im Flug. Und wenn wir von unserer Kraft keinen Gebrauch machen, dann rutschen wir einfach mit den Füßen voran auf den Abgrund zu, mit geschlossenen Augen, träge und lächelnd; unsere rührende Unterwerfung unter ein Vergessen, für das uns das Verständnis hoffentlich noch aufgeht. Aber für uns wird es anders kommen, cher ami. Ganz anders.

Und doch muß ich es aussprechen. Mir tut es leid, daß da ein Feuer sein wird. Da bin sogar ich hilflos. Meine Theorie läßt sich nicht auf explodierendes Benzin anwenden. Und ich bin sicher, du wirst den Umstand zu schätzen wissen, daß meine Haltung zum Brand unseres demolierten Wagens nichts mit meiner persönlichen Einstellung gegenüber Einäscherung am Straßenrand zu tun hat. Auf diesem Feld leiste ich mir keine vorgefaßte Meinung. Wenn ich aber diesen Flammenausbruch verhindern, die Funken noch vor ihrem Auftreten ersticken und so die Flammenhitze, das gleißende Feld, das Feuer stoppen könnte, das den ganzen Bezirk um die Mauer, um die Trümmer herum in Helligkeit verwandeln wird; das Benzin läuft aus und erweitert damit den Kreis dieser extremen Sichtbarkeit noch – ja, wenn ich die Flammen auslöschen könnte, ich täte es. Wenn man diese Szene in ihrer ganzen Größe und mit ihren ganzen disparat ineinanderlaufenden Substanzen und mit ihrem bisherigen Klangvolumen stehenläßt, die Konvention fürchterlicher Hitze und unnatürlicher Helligkeit aber subtrahiert – so daß eben diese Explosion wie geplant, aber im Dunkel, im totalen Dunkel vorfällt – dann hat man meines Erachtens das allerwünschenswerteste Bild unserer privaten Apokalypse getroffen. Durch heftigen Lärm angezeigt ist sie, und doch unsichtbar bis auf das Glas, das in perfekten klaren Körnern über einen ganzen Acker streut – was für eine Pracht, was für eine vollkommene Umkehrung des gängigen Schemas. Die unsichtbare Vision kann nicht mehr verbessert werden.

Ja, du wirst verstehen, daß es mir aus ähnlichen Gründen lieber wäre, wenn die Überbleibsel unseres Unfalls unentdeckt blieben, wenigstens zunächst einmal. Ich hätte es lieber, wenn wir diese Überbleibsel der Welt als ein unbekanntes, also unerforschtes, unberührtes Vermächtnis hinterließen. In diesem Fall stände am Ausgangspunkt die Zerschmetterung, die in absoluter Dunkelheit vor sich geht; dann der erste Sonnenaufgang, bei dem das Chaos, das physische Durcheinander noch nicht zur Ruhe gekommen ist – Metallteile dehnen sich, ziehen sich zusammen, Lappen der Polsterung liegen an der Luft, ein aus seinem Sockel gerissenes Armaturenmeßgerät quietscht ganz widersinnig in einem Klumpen Dornen – obschon dieser ganze erstaunliche Haufen von Federn, von gezackten Stahlkanten, von gebogenem Aluminium bereits seinen ersten weißen Anstrich vom Frost erhalten hat. Im Laufe des ersten Tages verdunstet das Benzin, das Motorenöl versickert allmählich in der Erde, das zerbrochene Linsenglas eines weit weggeschleuderten Scheinwerfers spiegelt den Lauf der Sonne von einem Krater aus, der früher einmal ein Maisfeld war. Die Vögel singen nicht, Wolken ziehen vorüber, das Wrack wird aufgewärmt, die menschlichen Überreste sind mit den Resten von Gummi, Glas und Stahl verklebt. Ein Stein hat sich im Motorblock festgesetzt, der Prozeß des Rostens hat begonnen. Und dann: Dunkelheit, ein kalter Wind, ein Kleiderlappen flattert, in einer Türe eingeklemmt, die völlig unzerfetzt flach im Gras liegt. Und dann: Tageslicht, Temperaturwechsel, eine Nacht mit kaltem Regen, die kurze Anwesenheit eines beutemachenden Nagetiers. Und trotz dieser ganzen Zersetzungschemie der Zeit hat nichts die Unberührtheit unseres Chaos-Tableaus wesentlich gestört; der springende Punkt ist nämlich: Wenn ein Trip notgedrungen in Trümmern endet, dann weisen die Trümmer notgedrungen auf den ihnen vorangegangenen Trip hin. Bis eines Tages zwei Jungen auf die Merkwürdigkeit stoßen, daß da ein vordem prächtiges Automobil auf dem Scheunenplatz eines verlassenen Bauernhofes zerkrachte. Ihnen bietet das Schauspiel nur Vergnügen: ein kleiner plastiküberzogener Personalausweis, der in der Sonne blitzt, tote Blätter in den zur Seite gekippten Rädern, ein grüner Sproß wächst aus der Öffnung des rostigen und halbzerknautschten Benzintanks. Tatsächlich existiert dieses Schauspiel jetzt nur für sie, für das Vergnügen von zwei Jungen in schlecht sitzenden Hosen und Holzpantinen. Aber wen Besseren könnten wir als Zeugen kriegen?

Aber alles unmöglich. Wird nicht sein. Nichts kann verhindern, daß wir unter dem Nachthimmel plötzlich in Flammen aufgehen. Und dann kriegen wir Blaulichter, Motorräder, Funkmeldungen, einige unserer kleinen weißen Ambulanzwagen brummen heran. Wenn der Morgen dämmert, werden sie unser Wrack mit Haken und Ketten wegschleppen, und am Mittag desselben Tages werden nur noch Benzingeruch und die dunklen Spuren des vor kurzem gelöschten Feuers übrig sein.

Man wird Notizen, Fotos machen, durch die Krümmungen des heißen Metalls steigen und dann das Ganze mit den schwerfälligen Schleppern wegkarren.

Wie traurig das ist, cher ami. Was für ein brutaler Sport.

Vielleicht – wenn du dich bemühst ruhigzubleiben, deine Arme so zu legen, daß dein Brustkorb frei wird und sich ganz weit ausdehnen kann; und wenn du dann in langsamem, bewußtem Takt durch den offenen Mund atmest – vielleicht könntest du dank dieser Maßnahme dein Wohlbefinden steigern. Aber es ist eine unglückliche Entwicklung, wegen gräßlicher Verschleimung der Bronchien fast zu ersticken. Ich kann mir die wachsende Panik bei totaler Atemnot denken, cher ami. Dir gehört meine Sympathie. Offenbar sind deine verschiedenen neuralen und physiologischen Systeme fest entschlossen, sich von all den Zusammenbrüchen und Funktionsausfällen unserer lieben Chantal nicht überholen zu lassen. Da es dich jetzt packt, wenn man so sagen darf, erinnere ich mich, wie du dich bitter selbst beschrieben hast: Du hast, wenn auch nicht häufig, an diesem teuflisch keuchenden Brustleiden gelitten. Im allgemeinen ist es doch eine Kinderkrankheit, nein? Aber die leider unvermeidlich ganz aufgedrehte künstliche Hitze, die Stickigkeit der Luft um uns, die Wirkung deiner Zigaretten auf einen so empfindlichen Lungenzustand, und natürlich der aufgebauschte Gefühlsdonner deines jetzigen Zustandes – das alles begünstigt zweifellos eine deiner eher seltenen Attacken, wie das bei dir heißt, mit zähem und schwer arbeitendem Atem. Und dann ist das Ganze ja ein Teufelskreis, nicht wahr? Je größer die Anstrengung, je größer das auf deinem Brustkorb lastende Gewicht, je lauter das entsetzliche Rasseln (tatsächlich, ein merkwürdig verdrießlicher Lärm, cher ami), desto größer deine eigene Wut, die selbstverständlich auf sich selber gerichtet ist und so der ganzen Rassel- und Keuchmaschine noch größeren Antrieb gibt.

Ja, dir gehören meine Sympathien. Das Einsetzen deines Zustandes, bei dem sich das Gesicht entfärbt und man das Bewußtsein verliert; was sich da deutlich aus jedem deiner rasselnden Atemzüge ergibt, muß wohl zum Schlag führen, der dir den Rest gibt; ähnlich wie ein Ekzem, das im letzten Stadium einer Lepra auftritt. Wenn ich mich nicht irre, bist du jetzt naß vor Schweiß. Ich vermute, der Körper drückt das aus, was der Geist sich weigert zu ertragen; was vielleicht etwas über *meine* einzige Lunge und über mein zufriedenstellendes Atmungssystem aussagt. Aber wenn ich die Macht dazu hätte, ich würde dir Erleichterung verschaffen. Sauerstoff atmende Felder, der Geruch eines blauen Himmels ... ich wollte, ich könnte sie dir geben, cher ami. Unter den gegebenen Umständen werde ich deine Stimme bestimmt nicht mehr so leicht hören können, während du dich nur mit großer Mühe auf etwas anders konzentrieren kannst als auf die sich mehrenden Zeichen aussetzenden Atems. Vielleicht aber solltest du nicht vergessen, daß die meisten Menschen auf die eine oder andere Art nach Luft ringen.

Unsere aus altem Knochenmaterial geschnitzten Dörfer, unsere Wälder, in welchen die Blätter mit der Farbe getrockneten Tabaks schimmern, unsere Dorfmauern, über welche tote Reben wie Fischernetze drapiert sind, das Gewicht der Steine, welche auf den Hängen unserer kahlen Berge wie gemeißelte Schafe stehen, der Geruch von geräuchertem Holz, die Rubinfarbe des gegen Naturlicht gehaltenen Weins, die weiße Taube, der unwiderruflich der Bratspieß droht, sogar dann, wenn sie am Rand eines Springbrunnens wollüstige Spiele treibt – bestimmt ist keine Erotik stärker als die Landschaft verausgabter Leidenschaften. Nichts verrät die Anwesenheit eines toten Königs in seiner ganzen Lüsternheit stärker als ein leeres Grab. Der zerspaltene Baum legt sein Herz aus Baumharz frei, man kann in den öden Felsspalten alter Klippen die Wildrosen riechen, plötzlich stößt man auf den weißgewaschenen Stamm eines in einer Manschette von Grün steckenden Baumes. Ja, vor uns liegt eine Landschaft der gleichgültigen Jäger und ausgestorbenen Liebhaber, cher ami; auf solchem Terrain bedeutet die schiere Existenz, die das Blut, den Dung, die kleinen Papiersäcke voller Gift kennt, welche neben den Blumentöpfen auf den Fensterbrettern jeder Dorfstraße stehen; die die unrasierten Gesichter unserer lokalen Apotheker kennt, oder das unbeaufsichtigte Reifwerden der Mädchen, die auf unseren Märkten arbeiten und ihre Phantasien in unseren verdunkelten Kirchen beichten – ja, die schiere Existenz in einer solchen Welt bedeutet, daß man erfüllt ist mit einem Pessimismus, der sich vom allerauffälligsten Zustand sexueller Erregung nicht unterscheiden läßt. Ich bin ein Stadtmensch und durchaus nicht ohne eine eigene Art Pragmatismus. Und doch, jedesmal wenn ich vom Fenster dieses Wagens aus einen Blick auf entferntes Waldgebiet erhascht habe, habe ich an die königliche Jagdpartie auf ihren Pferden gedacht, wie sie einem schweißenden Hirsch nachjagt, habe an den Klang der Jagdhörner, an die Liebespartner in dieser geräuschvoll tosenden Armee gedacht, hübsch und in Federn, aufgeputscht und voneinander getrennt auf ihren schüttelnden Pferden; sie warten aber beim Reiten nur darauf, daß der Jagdtag in die Nacht des körperlichen Zweikampfes übergehen möge; wo der Mund, der tagsüber das messingene Jagdhorn an sich gepreßt hat, bei Nacht das elegante und willige Fleisch sich nimmt. Ja, wir, die wir Feinschmekker und dilettantische Archäologen unseres kulturellen Erbes sind, wissen in unseren Wagen, in unseren Zügen, in unseren auftrumpfenden Geschäftsniederlassungen, daß wir nur einen Augenblick pausieren müssen, damit wir den plumpen Vogel, mit dem Ende seines dünnen Fadens an einen Sparren gebunden, hervorholen, ausgraben einen weißen majestätischen Nachtpott mit Pastellbildern schmucker Liebespaare unter der Glasur, ausgraben einen rissigen und staubigen Lederstiefel, in den sich ein junger, geiler sehniger Bauernbursche einmal erbrochen hat.

Ja, tote Leidenschaft ist die allerbefriedigendste, cher ami. In Gedichtzeilen hast du auf so etwas hingewiesen. Aber kein Wunder, daß ich mir Honorine immer als die Herrin eines kleinen Châteaus vorgestellt habe und sie nackt in einem strengen schwarzen Jägerkostüm fürs Reiten im Damensitz stecken sah, obschon sie nie im Leben ein Pferd bestiegen hat. Und du kannst dir mein Vergnügen vorstellen, als Honorine tatsächlich von ihrer Mutter, dieser edlen Frau, das kleine Château geerbt hat, das ich selber auf den Namen Tara getauft habe und welches du und ich mit der totesten aller Leidenschaften erfüllt haben. Hast du Einwände? Streitest du in deinen Beziehungen zu Chantal und Honorine bis auf die Vitalität und die Zärtlichkeit alles ab? Dann ist vielleicht nur meine eigene Leidenschaft so ganz tot, cher ami.

Aber die Eule schaut uns zu. Und schau her. Regen. Wie ich es erwartet habe. Bald wird die unsichtbare Kamera durch die nasse und verzerrende Linse unserer Windschutzscheibe auf uns gerichtet sein.

Doch, auch ich habe einmal eine Geliebte gehabt. Hast du das nicht gewußt? Ja, hoffentlich haben die ganzen Hinweise auf die Anziehungskraft deiner übellaunigen Natur dich nicht auf den Glauben gebracht, du seist der einzige Mensch, der die Liebe – ich sag's mal so – durch das Prisma einer zweiten Frau erkannt hat; obschon meine Erfahrung, ganz richtig, auf eine einzige Geliebte beschränkt geblieben ist und nicht auf ein paar. Nie im Leben hätte ich zwei Geliebte in Erwägung ziehen können. Ich gehöre, wie du weißt, zu den weniger tauglichen und daher beschränkteren Männern.

Aber die kleine Monique war zu der Zeit längst genug für mich. Als unsere Freundschaft anfing, war sie erst vor ein paar Wochen zwanzig geworden; was, recht überlegt, genau Chantals Alter gewesen ist, als du in deiner ganzen rätselhaften Natürlichkeit und Rücksichtslosigkeit beschlossen hast, deine Lyrikerliebe auf sie auszuweiten; wenn du bitte die Ausdrucksweise akzeptieren willst. Dann ist Monique auch noch eine Idee kleiner als Chantal gewesen; ein Umstand, der hier nicht sagen will, daß ich in meiner Geliebten eine Kopie meiner Tochter zu bekommen suchte, sondern daß ich ganz einfach das Glück gehabt habe, Monique mit einem einzigen Blick für mich zu gewinnen und daß sie der kleinste Mensch gewesen ist, mit dem ich jemals das geführt habe, was sie den »Dialog der Haut« nannte. Ihre Körpergröße war mir wichtig, nicht, weil sie nun gerade der Kleinheit Chantals und Chantals schöner Großmutter entsprach, sondern nur deshalb, weil sie so perfekt eine Idee verkörperte, die mich seit meinem frühesten Mannesalter verfolgt hat: je kleiner die Frau ist, die man anschaut, um so stärker ist man über die Größe, über die Heftigkeit des menschlichen Wollens erstaunt.

Monique also war bemerkenswert wegen ihrer verblüffend geringen Körpergröße, wegen der vollkommenen Harmonie ihrer physischen Proportionen, wegen ihres riesenhaften und geradezu gefährlichen Willens. Ihre Selbstsicherheit war haarsträubend. Natürlich war sie mir gegenüber nie ungehorsam, und doch, sogar wenn sie meinen einfachsten Vorschlägen nachgab (was man essen solle, was nicht, welches Kleidungsstück anziehen, usw.), tat sie es mit wunderbarer Heftigkeit, so, als handle sie aus ihrem stolzen Willen statt aus meinem. Doch keine Bange; sie gab ebenso gut, wie sie nahm.

Wenn ich Monique ihrer Körpergröße wegen geliebt habe, so habe ich sie ebenso wegen der Art ihrer Haut und deren Beschaffenheit geliebt. Glatt, schmerzhaft und wunderbar straff über ihr ganzes kleines Gesicht, ihre Glieder, ihren Torso gespannt, so dünn und so straff, daß ich Angst vor einem Fehlstich der Nähnadel hatte. Und selbstverständlich war ihre Haut weiß, fast glasiert, ja tatsächlich sogar weißer als Honorines schöne Haut. Und, du weißt, meine Vorliebe für Weiß ist genauso intensiv wie meine Neigung zu mediterranen Farbtönen.

Kurze Hemden, kurzes Haar, helle blaulackierte Schuhe, gelegentlich eine geschmackvoll gehäkelte Bluse, und die unvermeidlichen Seidenstrümpfe, als wolle sie damit ständig ihre bedrohte Weiblichkeit unterstreichen – ich sehe sie noch vor mir, eine der erfindungsreichsten jungen Frauen und überhaupt stärksten Menschen, die ich je gekannt habe. Gewöhnlich traf ich sie im Monat zweimal; der Fahrplan war so streng, daß ein Treffen vom nächsten immer nur wenige Minuten abwich. Verspätung haßten wir beide gleichermaßen, obschon Blumen, die ich mitbrachte, und das luxuriöse Aussehen des Wagens mich in diesen Zeitproblemen und Wutdemonstrationen in Vorteil setzten. Und wir genossen jeweils den Ärger des anderen, und um die Wette stellten wir unsere schlechte Laune ganz peinlich öffentlich zur Schau. Es war, als hätten wir unter uns eine stille Vereinbarung getroffen, erotische Konflikte, häusliche Streitszenen zu parodieren, wann immer es möglich war. Ja, sogar jetzt vermittelt es mir eine seltsam vergnügliche Befriedigung, wenn ich mich daran erinnere, wie oft ich die Beschimpfungen einsteckte, die sie mir an den belebtesten Sraßenecken (bei Sonne, bei Regen, in der Dunkelheit nach einer großartigen Mahlzeit) entgegenschleuderte, und wie sie ihrerseits in bebender Wut die disziplinierenden Schläge entgegennahm, die ich so oft mit der Kante meiner schweren Gabel auf ihrem zerbrechlichen Handgelenk anbrachte, für gewöhnlich in einem der elegantesten Restaurants, unter dem Blick eines alten Obers. Aber, wie gesagt, bei diesem glücklichen Ritual von Auseinanderbrechen und Versöhnung handelt es sich um ein vertrautes und praktisches Grundmuster. Monique und ich, wir verließen uns völlig darauf.

Jedenfalls war Monique stolz, halsstarrig, feindselig, erfinderisch. Es entzückte mich immer, daß sie solche Grausamkeiten artikulieren konnte, solche Niederträchtigkeiten, oder daß ein so kleiner Brustkorb wie der ihre so schwer atmen konnte; oder daß sie so plötzlich leise und kleiner denn je werden konnte, wenn sie erst einmal im reich ausgestatteten Inneren meines starken und auf Hochglanz gebrachten Wagens saß. Aber ich kann dir sagen, daß diese Monique, deren Jugend und Persönlichkeit so eindrucksvoll waren, dennoch und aus freiem Willen das lebende Abbild aller hemmungslosen nackten Frauen war, denen ich in den Pornoheften meines späten und isolierten Knabenalters den Hof gemacht hatte. Nicht nur war sie ein darstellerisches Naturtalent im Theater der Sexualität; nicht nur wurde sie in Geist und

Körper das Fleisch und die Tätigkeit meiner ganzen entfernten und unberührbaren Bilderwelt, sondern, um allem die Krone aufzusetzen, sammelte sie in ihren kleinen, mit Möbeln vollgepferchten Zimmern jede nur denkbare Art pornographischer oder erotischer Bücher, Magazine, Fotografien, die sie in hiesigen Museen, Kiosken, Buchhandlungen und in den auf Ausrüstung und Stimulierung des Sexualtriebes spezialisierten Etablissements finden konnte. Ihr ganzes Leben brachte sie in unbewußter Konkurrenz zu jenen erlesenen Fotostudien hin, die ich die Jahre hindurch von Honorines erogener Weiblichkeit zusammengestellt hatte. Aber Moniques Akte waren roher, viel roher als meine Studien von Honorine. Und manchmal zeigten sie bei meiner jungen Freundin plötzlich den Sinn für Humor, während für Humor in meinen Nackt- oder Fastnackt-Ansichten von Honorine kein Platz war.

Rasch beleidigt, rasch erregt, rasch geneigt, sich und die übermächtige sexuelle Erregung in einer so kleinen Frau ironisch zu behandeln – so steht unsere unermüdliche Monique vor uns; bei ihrer alten und neuen Pornographie kam sie in Fahrt und tat nichts lieber, als ihren kleinen nackten Körper in die fernländische schwarze Lingerie jener Boa-Damen zu hüllen, welche zu anderer früherer Zeit unsere Vorväter derart erregten. Ja, sie sammelte und trug alle diese Gürtel und Harnische und durchbrochenen Strümpfe ebenso gierig, wie sie sich in ihre Bücher und Magazine vertiefte. Und, weißt du, cher ami, sie hatte einen Gaumen, dem nur das Feinste an weißem Wein zusagte. Nur das Feinste.

Endlich kam dann aber jene warme Frühlingsnacht, in der ich Monique in einer plötzlichen Eingebung verprügelte. Es war nicht ganz nur mein Fehler, und es war das einzige Mal in meinem Leben, wo ich mich dem sadistischen Unmenschen nahe fühlte, der überall in den Geschichten, Fotografien und Phantasien meiner kleinen Geliebten herumgeisterte. Du stimmst mir zu, wenn ich sage, daß niemand lediglich wieder zu einer bekannten Figur aus der Feder eines überstürzten und talentlosen Pornographen werden will. Wir sehen uns selber nicht gerne als Erscheinungen der Phantasie, lüstern und als einfach nur eine der Nullen in der tierischen Urhorde; um es, cher ami, einmal ganz deutlich auszudrücken. Aber es war nicht ganz nur mein Fehler – möchte ich wiederholen –, weil nämlich die Nacht regnerisch, die Nachtzeit vorgerückt, und weil eine Provokation vorgefallen war, der ich ganz gewiß keinen Widerstand leisten wollte.

Ja, das Bild steht vor dir: Frühlingsregen, die Stadt schläft in ihren Ziegeln und Steinen, ein Dämmer dünnen Lichtes kam von einer Glühbirne unter einem rosafarbenen Schirm, das warme kleine Zimmer roch nach der jungen Jahreszeit und nach dem Pfirsichsamenöl, mit dem Monique ihre heiße Dusche aromatisiert hatte; und natürlich lagen wir beide nackt inmitten der Kissen (Monique nicht; sie trug einen ihrer knapp sitzenden schwarzen Harnische, die in der Sprache unserer großen Versucherinnen Strumpfgürtel heißen). Da, du siehst es: die kleine junge, fast nackte Frau auf dem Bauch, die Strümpfe, die sie schon ausgezogen hatte, auf dem Boden treibend, wir beide schieben uns gegenseitig eine Serie großer neuer Fotografien zu, die so reich und stimulierend sind wie gereifte Käselaibe. Es war eine Szene, die geradewegs vom Schreibtisch oder aus dem kalten schäbigen Studio eines unserer armen, langweiligen, unrasierten Pornographen hätte stammen können.

Aber, wie ich schon sagte, ich hatte nicht die leiseste Absicht, Monique in jener Nacht auch nur einen

Augenblick lang Schmerz zuzufügen; ihre kindlichen, aufragenden Hinterbacken fielen mir nicht stärker auf als gewöhnlich, gelegentlich zuckten sie im rosa Dämmerschein der Lampe in der Ecke; ich fühlte kein Bedürfnis, mitten in der muffigen Weichheit so vieler geschmackloser (aber passender) orientalischer Kissen eine spezielle Herrschaft über Monique auszuüben. Und doch, als ich plötzlich mit diesem Provokationsaugenblick konfrontiert war – es handelte sich ja nur um eine herabgezogene Unterlippe und um eine schnippische, beleidigende Bemerkung, die jetzt vom Zeitvergehen längst verschluckt ist – da, da wußte ich ohne zu zögern, daß ich Monique verprügeln wollte – und zwar in der althergebrachten Position verprügeln, mit meiner bloßen Hand, mit bewußter Entschlossenheit, und so hart und so lange wie möglich. Stell dir vor, bis zu diesem Augenblick war mir diese Alltagspraxis familiärer Züchtigung absolut nicht vertraut gewesen. Und dennoch zögerte ich nicht; es fiel mir nicht ein, Monique auch nur ein Gran Erniedrigung oder eine Spur Schmerz zu ersparen: Gerechtigkeit oder die möglichen sexuellen Folgen des Vorfalles interessierten mich nicht. Im Gegenteil, Denken und Handeln waren eins, und jäh und freudig ergriff ich Monique, und wie ein strafender Vater mit langer Erfahrung riß ich meine kleine verwirrte Geliebte mir über den nackten Schoß, wo ich den gekrümmten und sich windenden Körper in einen Griff nahm, der Flucht unmöglich machte. Das Vergnügen beim ersten langen, überlegten Schlag war ungeheuer. Ganz einfach ungeheuer.

Ja, die Innenfläche meiner Hand war ein grausames und unermüdliches Paddel. Monique schrie laut; ich dachte keine Sekunde an die schlafenden Nachbarn, ich verprügelte Monique mit so wenig Hemmung, daß ich selber erstaunt war. Es war, als könne ich die Fläche meiner Hand gar nicht oft oder gar nicht hart genug in schmerzliche Berührung mit der weichen, persönlichen Welt ihrer Gesäßbacken bringen, so daß ich mein Bemühen steigerte und mein Bewußtsein für den Kontakt und den Klang weit öffnete und mich an der Erregung ihrer Hilflosigkeit so heftig wie möglich weidete. Und dann, als ich außer Atem, begeistert, die Hitze in meiner Hand und eine meine Nacktheit durchperlende Empfindung spürte, hörte ich endlich auf. Erst dann gab sie ihren Widerstand auf. Erst dann wurde sie schlaff, rollte langsam von mir weg und erstickte ihr wütendes Schluchzen in einem der Kissen. Ihr Weinen schlug aus ihrem kindlichen Aussehen schamlos Gewinn, aber es war eine angenehme Zugabe zu dem Vergnügen, das ich in meiner Erschöpfung genoß.

So fiel ich selber in die Kissen zurück, vom Geschehenen überrascht, aber lächelnd, hörte den Regen, empfand meinen eigenen Körper jetzt wie von kristalliner Kraft durchdrungen. Teilweise seitlich liegend und in einem Zustand eigentümlicher, gespannter Aufmerksamkeit, betrachtete ich friedlich den in seltener Ruhe mit dem Rücken zu mir liegenden Körper. Ja, die Gesäßbacken waren noch immer rosa; ein noch tieferes Rosa, wegen des Lampenschirms. Immer wieder einmal glitt ein Zittern das Rückgrat hinab oder über ein schlankes Bein, als wolle sie, nun ich sie losgelassen hatte, die Pein ihres kleinen Gesäßes lindern, indem sie ihren Körper tiefer in die schwankende orientalische Weichheit hineingrub. Der karge schwarze durchbrochene Harnisch hing ihr tief und locker an der kleinen Hüfte, eine ihrer Hände kroch nach hinten und fing von sich aus die betroffene Gegend zu reiben und zu sänftigen an. Ich betrachtete sie, ich lächelte. Keinen Augenblick dachte ich, ich hätte ihr wirklich etwas zuleide getan. Mir fiel sogar ein, und mit Recht, daß Monique in ihrem Schluchzen ja genau so erwartungsvoll dalag wie ich in meinem Lächeln. Natürlich war jetzt mein großer Vogel, wenn du mir diese poetische Lizenz gestattest, im Aufschwung zum Flug begriffen; so war es nur natürlich, daß, während ich Moniques kleiner Hand bei der Linderung des Schmerzes ihrer Hinterbacken zusah, meine eigene kräftige Hand – dieselbe, mit der ich das, was sie später »die Schande« nannte, vollbracht hatte – daß meine Hand eine erfahrene und willige Kommunikantin mit meinem angeschwollenen Geschlecht wurde.

Wie lange wir in dieser wortlosen Welt sexueller Trägheit zusammengehalten wurden, weiß ich nicht. Nur die Bewegungen unserer Hände, Finger ließen darauf schließen, daß auch auf uns beiden nackten wollüstigen Figuren der Bann der Zeit lag. Dann aber führte Monique selber den Übergang zu dem herbei, was nach meiner ziemlich falschen Annahme zu unserer Umarmung führen sollte. Sie drehte den Kopf und schaute mich an. Einen Augenblick lang war ich nur der bequeme Voyeur gewesen, der tatsächlich sehr wenig sieht; im nächsten Augenblick schaute ich geradewegs in das kleine, hübsche Gesicht meiner Monique; und auf einmal wurde ich gefühlvoll beim Anblick der Tränen auf den Wangen, der feuchten Nase, beim vertrauten harten dunklen genau prüfenden Blick, die ich in ihren umflorten Augen wahrzunehmen glaubte. Ja, ich fühlte, daß ich es – sozusagen – nicht nur für mich, sondern auch für Moniques aufmerksamen Blick tat. Sie beobachtete mich, wartete. Ich dachte, sie würde im nächsten Augenblick in meine Arme kriechen.

Aber wie unrecht ich hatte. Ohne daß sie ihre Absicht mit dem kleinsten Zeichen verriet, bereitete Monique sich schon jetzt darauf vor, tatsächlich zur Katze im Sack zu werden. Sie lächelte; ich fühlte: mir wurde vergeben. In einem Aufzucken ihrer vorherigen kindlichen Energie stellte sie sich auf alle viere; ich lag erwartungsvoll auf einen Ellbogen gestützt. Sie sprang auf die Füße, auf den Boden und nahm eine vielsagende Positur ein. Ich reagierte darauf mit deutlicherer und kräftigerer Handarbeit. Sie schlüpfte aus dem kleinen schwarzen drohenden Hüftgürtel; in gieriger Vorwegnahme setzte ich mich auf und streckte ihr einen Arm entgegen, mit dem ich sie zu mir herwinkte. Sie hob den Hüftgürtel über ihren Kopf – anstatt ihn, wie ich es erwartete, wegzuwerfen – und auch da noch öffnete ich mich dem, was ich für eine neue Form der Erotik hielt, immer mehr. Hältst du so was für möglich?

Sogar als ich die erste Hiebspur auf meinen Schenkeln sah und fühlte, dachte ich, sie wolle mich nur leicht zur Ejakulation peitschen; ein Vorgehen, das ich mir in diesem Augenblick als eine widerliche und hinreißende Neuerung vorstellte. Als mich aber der zweite Hieb traf, diesmal über beide Augen, so daß ich mir das Gesicht instinktiv mit beiden Armen verdeckte, und als ich dann den Schmerz der kleinen, an den Enden dieser vier Seidenriemchen angebrachten Metallklammern mitten auf dem Schoß fühlte, da erfaßte ich natürlich, daß sie so ziemlich das Gegenteil vorhatte.

Ja, mit entsetzlicher Präzision und mit ansteigender Stärke und Geschwindigkeit fetzte mich meine kleine Geliebte auf Gesicht und Schoß, Brust und Leisten, bis ich dachte, die Möglichkeit einer sexuellen Entladung liege hinfort außerhalb meiner Reichweite. Ich röhrte, hatte Blutgeschmack im Mund, ich duckte mich. Mein großer Vogel war tot. Und doch, durchs Sühneritual hindurch war ich mir, irgendwie bewundernd, der gespreizten Beine, der dunklen blitzenden Augen, des rachsüchtig animierten Tanzes dieses kleinen nackten Mädchens bewußt, ebenso der schwarzen Strapse, die ihr aus der Faust schnellten wie die Schlangen vom Kopf einer winzigen und glorios gemarterten Medusa. Sie geißelte mich. Sie tat es mit Freude. Und auch das reichte noch nicht.

Als sie nämlich nicht aus Müdigkeit, sondern in einem unerträglichen Übermaß an Fröhlichkeit endlich damit aufhörte, schleuderte sie den jetzt nutzlosen Hüftgürtel in jenen Schoß, den sie noch vor einem Augenblick so grausam geschlagen hatte. Es war eine Geste allertiefster Verachtung. Aber ganz so, als wäre diese verächtliche Geste nicht genug, schaute sie sich einen Augenblick lang hilflos im Raum um, ganz gefangen in der Leidenschaft ihres Amüsements und ihrer offenkundigen Absicht; dann warf sie sich in Bosheit und zorniger Verärgerung neben mich auf die Kissen nieder und brachte sich mit den rasenden Fingern beider Hände zu einem Orgasmus, der selbst eine Katze im Sack befriedigt hätte. Immerhin befriedigte er Monique. Auch ich empfand in meiner Niederlage und Trostlosigkeit eine gewisse Erleichterung, ein gewisses Glück für Monique, und wäre ich mitten in meiner Hilflosigkeit, in meinen Schmerzen trotzdem noch fähig gewesen, ihren gütigen Ausdruck zu fotografieren, hätte ich bestimmt das Stativ aufgestellt, mit dem Auslöser den blendenden Blitz schießen lassen. So wie die Dinge lagen, überließ ich mich bloß dem Geräusch des Regens und schleppte mich schließlich auf allen vieren zu meinen Kleidern.

Ja, wie du siehst, war es eine lehrreiche Nacht. Eine Stunde, zwei Stunden, und quasi aus dem Nichts heraus knüpfte sich auf einmal ein neues Band des Einverständnisses zwischen Monique und mir. Mir wurde klar, daß auch ich im Sadismus Möglichkeiten zur Selbstverwirklichung finden konnte, und daß Honorines Erbarmen noch umfänglicher und zärtlicher war, als ich gedacht hatte. Aber das Wichtigste an dieser bestimmten und längst vergessenen Nacht ist, daß sie zeigt: auch ich habe gelitten und bin, anders als mir vorgeworfen wird, nicht immer völlig Herr des Lebens, das ich mir schaffe. Überdies illustriert es, daß ich fürwahr ein Spezialist für das Thema der erstorbenen Leidenschaft bin. Jedenfalls habe ich, zu meinem Vor- oder Nachteil, Monique verlassen, als du unser Haus betreten hast. Irgendwie hat deine Anwesenheit Monique überflüssig gemacht. Aber natürlich gibt es Augenblicke, so wie jetzt, wo sie mir noch immer im Kopf herumtanzt, so lebhaft, daß es an das Leben in unserer kleinen Welt herankommt, die – muß ich das noch sagen? – sich mit der Geschwindigkeit und Geschmeidigkeit eines Panthers in vollem Jagdlauf bewegt.

Ich bin immer auf Trab. Immer transportiere ich mich anderswohin. Ich bin nie genau da, wo ich bin. Heute nacht zum Beispiel fahren wir auf einer Straße, aber zugleich auf vielen Straßen, als könnten wir keinen einzigen Schritt machen, ohne schon fünf unserer eigenen Fußabdrücke vor uns zu finden. Wenn man Honorine glauben soll, ist das mein zweiter großer Fehler oder meine gefährlichste Eigenschaft: meine Neigung, alles mit allem zu verknüpfen; sie führt dazu, daß ich in einem Gesicht schon die Züge eines anderen wahrnehme, oder daß ich gleich in drei rosenduftdurchtränkte Zimmer aufs Mal eintrete, oder daß ich derart auf der Schwelle zu mehreren Wahrscheinlichkeiten aufs Mal lebe, daß ich sozusagen die Frucht verzehre, während ich sie noch züchte. So gesehen bin ich immer überall gewesen, habe ich immer alles schon getan, gibt es niemanden, den ich nicht bereits kenne. Aber die Logik der Sache wirkt dann natürlich andersrum: Alles mir Bekannte bleibt unbekannt, so daß das Geräusch meiner eigenen Schritte wie das eines Fremden klingt; und der Korridor hin zum Waschbecken meines Schlafzimmers wird plötzlich der labyrinthische Weg in einen Kerker. Für mich liegen das Vertraute und das Unvertraute überall beisammen wie zwei riesige, mit der Rückseite aneinander stehende Gesichter. Immer sehe ich den Mann im Kinde, das Kind im Manne. Der Winter ist die Zeit, wo meine Blumen blühen; ich bin ein resignierter, aber geistreicher Reisender. Natürlich ist die ganze Sache nur eine Art psychischer Ausrutscher, ein interessanter Trick des déjà vu; obschon Honorine darauf beharrt, es sei eine Art mystischer Einsicht. Sie neigt dazu, auf ihre vernünftige und bewundernswerte Art aus mir ein Ideal zu machen. Aber dazu muß ich sagen, daß ihr mein mentales Verschwinden, wie sie es nennt, zu gewissen Zeiten nicht nur verwirrend, sondern angsterregend vorgekommen ist. Und doch habe ich Honorine niemals einen konkreten Grund zur Angst geliefert ... das kann ich dir versichern. Sie wäre die letzte, sich hinter irgendwelchen fixfertigen Antworten zu verschanzen, wenn sie erfährt, was heute nacht aus uns geworden ist.

Aber zweifellos habe ich damit sagen wollen, daß jeder mehr oder minder bevorzugte Mensch in sich den Samen zum Lyriker hat, so daß die Frau eines jeden solchen Individuums nichts anderes mehr will, als die Geliebte eines Lyrikers zu sein. In dieser Beziehung hat Honorine besonderes Glück gehabt.

Sei nicht besorgt, cher ami. Der vorliegende Tatbestand ist nicht unbedingt so sehr wichtig. Aber wir könnten uns ebensogut schonen, wo wir es dürfen. Das Problem ist, daß mir gerade genug Zeit bleibt, um dich vorzuwarnen: In einigen Sekunden fahren wir genau durch das Zentrum des einzigen Dorfes, das zwischen dem Anfang unserer Fahrt und ihrem Ende liegt; seine Anwesenheit verschandelt eine sonst ziemlich leere Straße. Der kleine Ort ist berühmt für die Ruine einer alten Abtei; oder vielleicht einer alten Mühle. Aber bitte, glaub mir doch. Ich hätte diese Route nicht zufälliger aussuchen können. Ich habe mir ja nur eine ungehinderte Fahrt gewünscht. Und doch war leider dem wunden Punkt, diesem Dörfchen, nicht auszuweichen. Jedenfalls sollst du das Schlimmste und das Beste wissen, und dir soll die Situation ebenso klarsein wie mir; damit bist du in der Lage, dich Punkt für Punkt darauf einzustellen und nur einfach schockierende oder destruktive Überraschungen zu vermeiden. Ich darf dir also ankündigen, daß es heute nacht für uns nur drei echte Gefahrenmomente gibt; obschon leider der Regen so etwas wie ein permanentes Risiko geworden ist, auch wenn er außerhalb unseres Einflusses liegt und damit für mich wenig interessant ist. Aber zurück zu den drei echten Gefahrenmomenten. Das letzte Herumreißen des Steuers auf den verlassenen Bauernhof zu, der römische Aquädukt und das Dörfchen, dem wir rasch näher kommen – jeder dieser Punkte wird uns ernsthaft gefährlich; wie gesagt, das verheimliche ich dir nicht. Immerhin bin ich zuversichtlich, was den Aquädukt betrifft, derweil unsere Fahrt das Vorspiel zum letzten Herumreißen des Steuers ist; was du, wenn es soweit ist, hoffentlich schon jenseits jeder Gefährdung erlebst. So dürfen wir das letzte scharfe Abbiegen von der Rechnung summierter Gefahren und Ängste abziehen. Ich wage jetzt schon, für seine heitere Gelassenheit einzustehen.

Aber um ganz ehrlich zu sein, das Dörfchen ist noch mal was anderes. Gerade jetzt wankt es auf uns zu, nur ein paar Worte oder Atemzüge weit ist es entfernt. Natürlich ist die kleine Straße durch das Dorf kurz, nur ein paarmal länger als dieser Wagen oder als einer dieser Waldpfade, die man von der Kreuzung zweier staubiger Landstraßen aus zum Drehkreuz am Rand des Feldes geht. Also eine kurze, aber widerspenstige Dorfstraße, unbeleuchtet noch dazu, überdies äußerst schmal; ein hoher auf und ab gehender Steinwall läuft ihr überall entlang; oben drauf hocken die nassen Ziegeldächer der Dorfhäuser und gelegentlich die Äste eines toten Baums. Solange wir durch den vermaledeiten Ort hindurchfahren, wird der Wagen an der Seite nur einen Fingerbreit von der schweren Steinmauer entfernt sein. Wenn du unbedingt hinschauen willst, wirst du ein unendlich rasches Vorübersausen von Stein und Holz wahrnehmen können; eiserne Türgriffe und hohe zerbrochene Fensterläden werden dir ins Gesicht fliegen; unser Weg wird aus unmöglichen Winkeln, einem Beinahe-Zusammenstoß mit dem Springbrunnen auf dem Dorfplatz, einer fürchterlichen Begegnung mit einem niedrigen Torbogen bestehen. Bis dahin sind wir zu einer Lokomotive im Labyrinth geworden, und das allerschlimmste ist der Lärm. Unsere Lampen sind wie Suchscheinwerfer, die in unvorstellbar abgeschlossener Enge herumschwenken; eine verlorene künstliche Rose und der Granitfuß eines ihrer Kruzifixe und, plötzlich, ein niedriger Kamin werden sich uns wie geworfene Steine entgegenschleudern. Aber das schlimmste wird der Lärm sein. Er wird dröhnen, als wären wir eine in den Kellern und Katakomben der Geschichte abgefeuerte Rakete. Wir wollen hoffen, daß die Katzen dieses Dorfes keine solche Armee auf die Beine stellen, wie die

Feldhasen auf unserer Landstraße. Wir wollen hoffen, daß keine Ziegelsteinscherbe und kein kleiner rostiger Eisenschlüssel, auch nicht der dünne, weiße Schenkelknochen eines frischgeschlachteten Tieres uns vom Weg abbringen. Sonst werden wir den Steinwällen entlangknirschen, ins Trudeln kommen, das ganze Dörfchen in einen Stapel loser Steine zerlegen und ihn sicher noch hundert Meter oder länger hinter uns nachschleppen.

Gegen den Lärm kann man nichts machen. Aber du wirst vielleicht die Augen schließen oder dich einfach nach vorn lehnen und das Gesicht in die Hände vergraben wollen. Die ganze ohrenbetäubende Durchfahrt wird eine Ewigkeit gehen, aber nullkommaplötzlich vorbei sein. Warum willst du die Augen offenbehalten? Warum nicht lieber das Sehen mir überlassen, ebenso wie das Steuern? Und, du könntest dich ja mit der Frage amüsieren, was wohl die Bauern denken, wenn wir ihre Straße durchrütteln und sie in ihren armen Betten zu schütteln anfangen: daß wir nur ein amoralischer Mann und seine Mätresse seien, in verteufelt frivoler Eskapade durch die regnerische Nacht begriffen. Oder, stell dir vor, was wir hinter uns zurücklassen: nur ein ominöses Beben und ein halbes Dutzend fallender Ziegel.

Aber siehst du das? ... Gleich da? ... Dieses Häufchen Dunkelheit einer Ortschaft? ... Die Steine im Regen? ... Da ist es ... Augenblick ...

Komm, komm, cher ami. Wir haben es hinter uns. Aber jetzt weißt du, daß man sich wirklich auf mich verlassen kann.

Ist es dir klar, daß es unter den bewundernden Lesern deiner dünnen und jetzt eher selten publizierten Bücher Menschen gibt, die, wenn sie nur den allerkürzesten

Blick in dein und mein Leben werfen könnten, mich für einen blöden Feigling und dich für einen wertlosen Geist hielten? Gäbe es die unsichtbare Kamera wirklich und nähme sie unser Abenteuer von Anfang bis Ende auf, und würden die Filmspulen gerettet und dann später eines Abends ihre Bilder in einem nach Desinfektionsmitteln und feuchten Kleidern stinkenden Kino fast ohne Publikum auf eine zerschlissene weiße Leinwand geworfen, dann würden deine bösartigen Bewunderer in den kalten Gängen zwischen den Sitzen stehen und mir als blödem Feigling und dir als wertlosem Geist den Abschied blasen. Als könnte ein Feigling je blöde, oder ein Geist je wertlos sein. Aber zumindest wirst du das verdient haben, da du dein Leben damit zugebracht hast, mit deiner schwarzen Hose, deinem offenen weißen Hemd, mit deiner Zigarette zwischen den Lippen, mit den Ellenbogen auf den Knien und mit gefalteten Händen – also wie ein Mann auf dem Klo – mitten in einem kleinen Publikum zu sitzen, und du erzählst diesen begierigen oder feindseligen Frauen, daß der Lyriker immer ein Verräter, ein Mörder sei und das Schreiben von Lyrik ein Abstieg zum Tode. Das war aber Gerede, bloßes Gerede. Jetzt könntest du, hättest du die Gelegenheit, aus Erfahrung sprechen.

Was mich betrifft, so habe ich es schon gesagt und sage es gleich noch mal: Ich bin ein Feigling und gestehe es offen. Ich habe eine Vorliebe für Feiglinge. Kann ich in einem Fremden keinen Hinweis auf seine Schwäche entdecken: geschieht zwischen uns, verstohlen unter dem Tisch, keine leise Geste gegenseitigen Erkennens, oder hißt er nicht wenigstens auf dem leeren Feld, das er selber ist, einen ganz kurzen Blick lang seine gewisse weiße Flagge, dann erfüllt mich Hoffnungslosigkeit samt Traurigkeit, die in Verzweiflung übergehen wie Regen in Hagel. Wem aber erginge es anders? Wer ekelt sich tief im trockenen Brunnenschacht seines »wertlosen« Geistes nicht vor dem Bühnenbild, dessen Gefangener er ist? Wer hat keine Angst vor der unerklärlichen Tatsache seiner Existenz? Wer fürchtet sich nicht vor dem unvorstellbaren Zustand des Nicht-Seins? Es fällt leicht genug zu sagen, morgen verwandle man sich in eine Rose oder in sonst eine Blume. Aber der Optimismus dessen, der an die natürliche Welt glaubt, ist die allergrausamste List, eine Kindern würdige Infantilsentimentalität. Selbstverständlich übertreibe ich die Lage gröblich. Aber wenn du keine Scharte in deiner Selbstsicherheit finden, nicht zu den blassen weißlichen Wurzeln deiner Feigheit stehen kannst, wie sie in deinem trockenen Brunnen gedeiht, dann wirst du nie auf dem Delphin reiten oder mit der Zärtlichkeit des wahren Sensualisten handeln.

Nur ein Lümmel wird den feigen Alpträumer »blöde« nennen.

Was, cher ami, du willst noch immer argumentieren? Noch immer nicht fähig, die Selbsterhaltung, den Überlebensinstinkt, die Niedrig-Niveau-Bewegung des praktischen Verstandes, das ganze Paket nutzloser Trümpfe des Ichs beiseitezulegen? (Im Kartenspiel, das für das Ich steht, sind alle Karten dieselben und jede ein Trumpf. Und sie lügen; es sind die wertlosen Trümpfe.) Aber warum denn deine und meine Zeit weitervergeuden und mir mit falschen Argumenten kommen, die ich ja doch widerlege? Deine Argumente sind kaum Geschenke für den Geist. Was sie sagen wollen, interessiert dich nicht. Es schmerzt mich zu sehen, wie du sie dir aus dem Ärmel ziehst – noch 'n Argument, noch 'n Trumpf – und bei jedem höre ich dich das schreien, was du schon die ganze Nacht geschrien hast: hör auf zu quasseln, stopp den Wagen, laß mich raus. Zu allem, was ich gesagt habe, ist das bisher dein einziger Refrain gewesen. Warum kannst du denn nicht zuhören? Warum kannst du mir heute nacht, Nacht aller Nächte, nicht ein Geschenk machen, bestehend aus einem Augenblick wahrhaftiger Aufmerksamkeit? Ohne ihn ist, wie ich schon sagte, unsere ganze Expedition ebenso überflüssig wie alles andere auch.

Ich darf es noch mal sagen: Du willst von mir nicht ernstgenommen werden, sondern ich soll mich nur um dein Schreien in der Finsternis kümmern, und darum keuchst du zum erstenmal in deinem Leben nicht nur, sondern keuchst so, daß es schon wild ist. Du erstickst in der kaum verhohlenen Wildheit deiner Widerstände. Aber du kennst meine Position. Sie wird sich nicht ändern. Sicher muß ich fähig sein, jenen leichten Schlag anzubringen, der deine ganzen bedrückenden Widerstände zu Fall, zum Verschwinden bringt und dir die Freiheit läßt, deinen Anteil an meiner Verantwortlichkeit, ob kurzfristig oder nicht, zu übernehmen.

Nun, dieses bestimmte Argument von dir ist zwar genauso fadenscheinig, aber vielleicht etwas interessanter als der Rest, und ich habe mich schon lange emsig damit beschäftigt. Um dieser Linie entlang zu argumentieren: Es gibt Menschen, die unheimlich direkt suchen, was zu finden sie sich am meisten fürchten. Wir stürzen uns in den Tod, weil eben der entsetzliche Widerspruch des Todes (er wird kommen; wir wissen nicht, was er ist; er ist völlig sicher; er ist völlig ungewiß) einigen von uns wie ein Gifttropfen jeden künftigen Augenblick mit einer so großen Angst erfüllt, daß nur die gefürchtete Erfahrung selber Erleichterung schaffen kann. Uns verzehrt, was wir zu vermeiden suchen, derart, daß wir es nicht länger vermeiden können. Das Jetzt ist dem Später vorzuziehen. Wir laufen auf die Axt zu, statt uns allmählich zu ihr hinschleppen zu lassen. Und so weiter. Und als einer der wenigen interessanten Versuche, dem Selbstmord (bis auf den klinischen, der mir nicht zusagt) einen Sinn zu geben, hat dieses gewisse Argument von dir seinen Reiz. Wir haben es schon gehört, wir haben gut zugehört, es klingt gut. Wir können uns vorstellen: so paßt der Schuh. Es funktioniert, es ist genau jene Art von paradoxem Verhalten, das außer Bauernburschen jeden anzieht. Und wer weiß?, vielleicht hat es auch das Leben von ein paar Bauernburschen abgekürzt.

Doch mit diesem Hebel stemmst du mich nicht von meiner Absicht weg. Meine Klarheit ist echt, ungekünstelt, während meine Angst, wie du sie dir in deiner rührenden Hoffnung vorstellst, schlicht nicht vorhanden ist. Was kann ich noch mehr sagen? Ich achte deine Theorie: Ich achte die Angst, an der du selber leidest (obschon sie mich bedrückt, furchtbar bedrückt); vielleicht wäre es für alle Beteiligten besser, wenn ich dich in diesem einen Fall plötzlich im Recht fände, die Schale sozusagen knacken hörte und plötzlich selber von Angst übermannt den Wagen am Straßenrand anhielte, unsere Reise damit beendete und im Regen und der Finsternis schluchzend über das Steuerrad gebeugt sitzenbliebe. Dann könnte ich Chantals Platz dort hinten am Boden übernehmen, und langsam, ganz langsam könntest du uns drei nach Tara fahren. In diesem Fall würdest du dich zwei Tage ins Bett legen, Chantal würde ihre Reitstunden wiederaufnehmen, ich würde deinem Vorbild folgen und in die Anstalt gehen, die dir die berühmte Kur verabreicht hat.

So würde es vor sich gehen, hättest du recht. Hast du aber nicht. Käme ich zum Schluß, mein klarer Blick sei nur vorgegeben und ich hätte Angst vor dem Tod und hätte unser ganzes durchsichtiges Gewebe nur aus dieser Todesangst erfunden, dann würde ich gerne nachgeben und über dem Steuerrad schluchzen und den Rest meiner Tage (nach unternommener Kur) mit Wiedergutmachung an dir und an Chantal verbringen. Aber die Entdeckung kann ich nicht machen, weil es gar keine solche Entdeckung zu machen gibt. Natürlich habe ich so meine Zweifel. Wer hätte sie nicht? Was aber diese manische Todesangst angeht und daß sie meine Pläne, meine Entschlossenheit, meine aufkeimende Erheiterung sowie mein Bedürfnis nach ein paar Gefährten, Zeugen, Anhängern, die uns ins letzte Aufblitzen der Panik hineinbegleiten sollen – – diese deine manische Angst: mir unbekannt.

Ja, laß mich ehrlich sein. Ich darf gestehen, daß genau die Angst vor einer endgültigen und unwiderruflichen Tat meine Kindheit, Jugend, mein frühes Mannesalter entstellte und daß sie mich mit solcher Überzeugung und Leidenschaft zu diesen grobschlächtigen, magazinähnlichen Wiedergaben von Körpern trieb, die ausschließlich in ihrem Tod festgehalten waren, immerhin festgehalten. Und in jenen Jahren und als Folge meiner intensiven Beschäftigung mit dem durchtrennten Lebensfaden, den ich nicht wiederknüpfen, dem Schritt, den ich nicht rückwärtsmachen konnte, war ich auch von dem geplagt, was ich als »Angst, daß man nicht auf mich reagiert« bezeichnete. Es stimmt. Ich habe nichts zu verbergen. Zu jener Zeit (ich brauche wohl kaum zu sagen, daß ich damals kein Sensualist war) brauchte ich Anerkennung: von Frauen hinter Theken, von steingemeißelten Helden, von streunenden Hunden. Da hielt ein Polizist seinen Knüppel in die falsche Richtung, und mir lief ein bebender Schauer das Rückgrat hinab. Gegen das verächtliche Stirnrunzeln ging ich mit allen Mitteln an. Wenn die Welt nicht total auf mich reagierte, mit einem Blatt, mit einem Straßenschild, mit dem Gesichtsausdruck eines Fremden, dann existierte ich nicht – oder existierte bloß im Elend meiner jugendlichen Einsamkeit. Aber irgendwie anerkannt zu werden hieß, daß man das eigene Ich auf dem Tablett serviert bekam und geliebt und noch mal geliebt wurde; was ich mir auch am dringendsten wünschte. Die Hitze dieser Gefühle ist ziemlich vorbei. Schon seit langem habe ich erfahren, was es heißt, geliebt zu werden. Jetzt, heute nacht, will ich nicht erleichtert werden, sondern sauber und rein bleiben.

Ja doch, soeben habe ich dich um »einen Augenblick wahrhaften Reagierens auf mich« gebeten. Daran siehst du, wie nahe am Ziel die Schüsse schon liegen.

Ich weiß nicht, warum jenes Bild (der kniende Bogenschütze, der gespannte Bogen, der goldene Pfeil) mich so drängend an den kleinen Pascal erinnert. Tut es aber: der große nackte Jäger ruft das kleine Kind wie eine Stimme aus den Schatten. Vielleicht ist es Klein-Pascal bestimmt gewesen, ein überlebensgroßer Jäger zu werden, nackt (bis auf den Silberbogen, den Goldpfeil) und seinem unsichtbaren Opfer durch die weißen Steinbrokken unter einem weiten, unwandelbar blauen Himmel nachstellend. Zumindest habe ich in Klein-Pascal immer den schon erwachsenen Mann gesehen. Damals, als er starb, als er noch keine drei Jahre alt war, war aus ihm bereits ein Kindgott, ein Infantencäsar geworden. Ja, er hatte damals, als er starb, bereits seinen wahren Charakter entwickelt.

Schade, daß du keine Kinder hast. Soviel Intimität mit Chantal hindert dich sicher daran, sie dir als dein eigenes

Kind vorzustellen. Aber vielleicht ist es an der Zeit, daß du und ich uns den kleinen Pascal teilen – weil alles möglich, nichts sehr wichtig ist, und weil er bloß zwischen den weißen Steinbrocken existiert. Aber es stimmt: Pascal ist jetzt schon so viele Jahre tot, daß er genausogut dein Sohn sein könnte wie meiner. Was sagst du? Du habest dich schon lange gegen Vaterschaft entschieden? Ach, wie recht hast du im großen und ganzen gehabt. Wenn du es schon erwähnst: der Gedanke, ein Kind könnte dich überleben, kommt gar nicht auf. Ja, natürlich überlebt Klein-Pascal rein gar nichts.

Und doch, wer sänge unserem Infantencäsar keine Lobeshymne? Er war ein fetter und trotziger Tyrann, cher ami, und in seinem dritten Jahr unterwarf er auf einmal jeden Morgen früh Honorine und mich und sogar Chantal dem Paradox seiner Fettheit, seiner rosa Haut, der Krone seiner Autorität, mit welcher er seine sanfte Natur verbarg. Zugegeben, Honorine ist nicht klein. Aber sie hat weder starken Knochenbau noch viel Fleisch. Wie kam sie dann aber zu einem in seiner gewichtigen Nacktheit so schönen Kind? Wir werden es nie wissen. Er war in seiner ganzen Trotzigkeit und vorgegebenen Wildheit so fett und so sanft erotisch. Er schöpfte aus sich selber, so habe ich oft gedacht, und er ist nicht mehr. Aber ich habe seinen kleinen fetten Körper ebensooft aufgespießt gesehen, wie ich ihn gekrönt sah; in der Pausbäckigkeit und im Glanz seiner völlig süßen und verwöhnten Natur war er ja so begehrenswert, so stark.

Ja, bei jedem Sonnenaufgang kam er zu Honorine und zu mir, kühn und bloß, da er sein weißes Nachthemd abgestreift hatte und nur seine butterfeste Haut und sein mißbilligendes Stirnrunzeln und seinen Ausdruck infantischer Entschlossenheit trug. Bei jedem Sonnenaufgang zog er die Bettlaken nicht von mir, sondern von Honorine weg, welche immer aufs glücklichste seiner Nacktheit entsprach. Vielleicht kannst du dir diese Morgenstunden nicht bildlich vorstellen. Aber ich sehe sie noch vor mir: Dämmerung am Fenster, Sonnenlicht, das von diesem Fenster und von der rosa und pflaumenfarbigen Tapete unserer Schlafzimmerwand auf unser Bett zurückgeworfen wurde, entfernter Glockenklang, der Geruch von Kaffee und die Vögel in der Luft und die kleinen Autos, die sich schon irgendwo auf dem Kopfsteinpflaster versammelten. Und dann, Pascals Auftritt, die offene Tür, das Licht, das vom langen gläsernen Türgriff blitzte, und unser kleiner nackter Sohn, der auf uns zukam mit seinen rosa Wangen und mit vorstehender Unterlippe und dem kleinen Penis, den Honorine immer mit der Fingerspitze berührte, als gehöre das winzige Genital nicht zu Pascal, sondern zu dem in Bronze gegossenen Kind mit den Flügeln. Du mußt einen solchen Morgen so deutlich sehen wie ich, cher ami, wär's auch nur, um zu wissen, daß ich kein Lebensverächter bin. Ganz im Gegenteil.

Und herein kam er, schmollend, wortlos, blies seinen kleinen Bauch fetter auf denn je (wie es ein exotischer Fisch mit Luft tun könnte), und wenn ich aus dem Schlaf aufschreckte, sah ich seine unverhüllte Plumpheit und das Licht in seinem feingesponnenen goldenen Haar. Und die Lippe, die schöne Unterlippe vorgeschoben und feucht in ihrer unmißverständlichen Botschaft: nämlich, daß er die Freude aller sei, die ihn sähen, daß aber umgekehrt nichts in der Welt ihm Freude machen könne. Nur zu reif, nur zu schön, nur zu herrschaftlich; Freude bereitend, aber nie erfreut – so sahen das Schicksal und der Charakter aus, die er sich selber in diesem jungen Alter geschaffen hatte. Ja, da war er, mit schwer anklagenden braunen Augen, das Sonnenlicht überflutete den Fleck, auf dem er stand, das kleine Schwänzchen gekrümmt und glänzend unten am Bauch. In diesem Augenblick erzitterte regelmäßig der Faun auf der Tapete bei seinem Anblick, und die Silbertaube auf Honorines Kommode erhob sich zum Flug.

Ja, es war immer dasselbe. Er wartete, bis ich ihm meinen ehrfürchtigen Blick zugeworfen und bis Honorine in ihrem vorgetäuschten Schlaf mit Lächeln und mit ihrem weichen, einladenden Geräusch angefangen hatte, und dann marschierte er im Mantel seiner langsamen Selbstsicherheit über den Teppich und streckte eine pummelige Hand aus und zog die Bettdecken vom nackten jugendlichen Körper seiner Mutter. Einen Augenblick lang starrten wir beide, Pascal und ich, Honorine an, die weiterhin verheimlichte, daß sie wach war, und die uns zuliebe ihre Wange dem Kissen zuneigte, ihren Rücken krümmte, einen Arm ausstreckte und sich wollüstig im Aroma ihres Nachtgeruches räkelte.

Siehst du sie vor dir? Siehst du Pascal und mich? Hörst du überhaupt zu?

Ja, nach diesem Augenblick, und so, als hätte er von Honorine ein unsichtbares und überaus wichtiges Zeichen des Einverständnisses erhalten, begann Klein-Pascal zu klettern. Ja, mit großer Umsicht kletterte er auf unser Bett (dieselbe Antiquität, in der Honorine jetzt im Schlaf liegt) und erkletterte dann den warmen, wohlgeformten Körper seiner Mutter. Ja, mit einer Mühe, die ihn ärgerte, bestieg er diesen Körper, stand gespreizt über den Hüften, setzte sich, brachte sich in Stellung, bis seine rosigen kräftigen kleinen Hinterbacken fest und geradewegs auf Honorines Büschel purpurner Trauben saßen. Da blieb er sitzen. Auf dem Thron. Und er wußte ganz genau, wie er dasaß und wie vollständig sein eigenes Babyfleisch das Fleisch der Trauben seiner Mutter bedeckte und bepolsterte. Ich wußte, was er wußte, weil die Art, in der er gewöhnlich in meine Richtung blickte und sein Gewicht plazierte und dann sein Kinn in einer vollendeten Geste selbstzufriedener Herausforderung hob, keine falsche Deutung zuließ.

Dann öffnete Honorine gewöhnlich die Augen, sie lachte, sie ergriff seine beiden Hände mit ihren, und mit Bauch und Hüften imitierte sie den Gang eines trottenden Pferdes. Immer wieder murmelte sie Chéri und bat um einen Kuß, den er ihr immer verweigerte. Ich, ja, gewöhnlich wünschte ich da meinem kleinen Pascal einen guten Morgen; worauf er unweigerlich antwortete, es sei kein guter Morgen, sondern ein schlechter.

Da pflegte er zu thronen und uns mit der Macht seiner prinzlichen Manier und seiner Infantenerotik in Bann zu halten, bis endlich die arme Chantal augenreibend und gehorsam erschien, um ihn wegzuhieven.

Wie hat Honorine seinen Tod überlebt? Und wie ich? Aber wäre er am Leben geblieben; wäre sein kleiner Körper gewachsen und seine Infantenerotik zu eindrucksvoller Männlichkeit gereift; wäre sein Kopf Tag für Tag auf die Größe des Lorbeerkranzes zugewachsen – selbst dann wäre es ihm nicht besser als der armen Chantal ergangen. Tatsächlich wäre es ihm viel schlimmer ergangen.

Aber ich habe höchstpersönlich sein kleines steinernes Grabkreuz in Satin gekleidet. Also, ich habe durchaus erlebt, was Trauer heißt. Doch, vielleicht bin ich der Mann, zu dem Klein-Pascal geworden wäre, wäre er am Leben geblieben. Vielleicht wohnt er jetzt in seinem Tod in mir. Wer weiß?

Du wirst es nicht glauben, aber noch heute früh habe ich meinen einbeinigen Arzt zum letztenmal besucht. Ja, vor nur wenigen Stunden und an diesem Tag aller Tage habe ich den letzten meiner jährlichen Arztbesuche hinter mich gebracht. Ja, ich passe auf jede Schattierung, sogar auf die Schattierungen deines trotzigen Schweigens auf; und jetzt wendest du trotz deiner elenden Verfassung und gegen deinen eigenen Willen ein, meine Sorge um meine Gesundheit am Tag meines (deines und Chantals) vorbedachten Todes sei schlimmer, noch viel schlimmer als die Feldhasen, als der Regen, als die unsichtbare Filmkamera mit ihrer nassen, verzerrenden Linse, als das gefühlswallende Orchestrat im Radio, das du nicht hast hören wollen. Auf den ersten Blick scheinst du recht zu haben: Umstände, die auf Einbildung beruhen, könnten allmählich deinen Abscheu, deine Verachtung eines gewissen Mannes rechtfertigen; der könnte zu drastischen Aktionen Zuflucht nehmen, nicht aus Klarsicht und Berechnung, sondern nur, um seinen inneren Drang zufriedenzustellen, auf der tremolierenden Violine seiner Selbstliebe herumzusägen. Und doch hast du wieder einmal unrecht. Falsch. Weil für die Verabredung mit dem verkrüppelten Arzt heute früh nicht ich verantwortlich gewesen bin, sondern die ältliche Frau mit dem Mädchenkörper, die des Doktors Kinderfrau und seine Sekretärin in Personalunion ist. Schon wahr: sie mahnte die heutige Konsultation an, lange nachdem ich die leere Seite des heutigen Datums aus meinem Taschenkalender quasi herausgerissen hatte. Und was hältst du davon, daß die Praxisräume gleich gegenüber diesem Restaurant liegen, welches du zufällig für dein Diner heute abend mit Chantal ausgesucht hattest; daß die Praxisräume und das Restaurant einander auf beiden Seiten eines und desselben kleinen öffentlichen Parks gegenüberliegen, wo Liebespaare auf kalten Bänken sitzend Händchen halten? In anderen Worten: Als ich heute früh auf den Beginn meiner ärztlichen Untersuchung wartete und mich in Erwartung der Spritzen und des archaischen Röntgenapparates dieses Arztes bis zum Gürtel ausgezogen hatte, stand ich selber an einem staubigen Fenster, in schaudernder Betrachtung genau derselben leidenden alten Palme, die du und Chantal an diesem Abend über eurer Suppe und dem Wein anschautet. Aber dir ist ja das Vergnügen bekannt, das mir solche Gegenüberstellungen bereiten; sie sind für mich das Lebensblut bedeutungsleerer Form.

Zur ausgemachten Stunde berührte ich den Klingelknopf, nahm wie üblich die rührende Statussymbolik des messingenen Türschildes zur Kenntnis und stieg die offensichtlich selten benützten kalten Steinstufen zu dem fast leeren Raum empor, wo ich die erste Spur jenes antiseptischen Geruches einatmete, der mich in wenigen Augenblicken verschlingen würde. Ich hörte, wie die Luft sich im Rest seiner Räume rührte, erblickte in verschiedenen angeschlagenen weißen Keramikaschenbechern die wochenalten Reste seiner erstorbenen Zigaretten. Natürlich war mir seine Art, sich zu diesem Raum zu schleppen, sich zu setzen und seine Zigaretten zu rauchen, wohlbekannt; er las dann eines der alten Journale; der Arzt wartete im Warteraum auf Patienten, die es einfach nie gab.

Kannst du den inneren Frieden und die Befriedigung verstehen, die ich an diesem Ort empfand? Er handelte sich um eine reine Routinevisite; nichts Außergewöhnliches geschah. Und doch hätte ich mich vom Eintritt bis zum Weggang inmitten der Paradoxa dieses Etablissements nicht stärker zuhause fühlen können: die ungebrauchten Instrumente und die archaischen Maschinen ärztlicher Wissenschaft zwischen mittelalterlichen Wänden; der Lärm von Vögeln, die irgendwo zwischen chirurgischen Messern und alten Büchern hausen; der leise Gestank kochenden Essens, den die antiseptische Chemikalie nicht vertuschen konnte; der Doktor selber, der sein Fach beherrschte, aber als unanständig galt und der mit seiner Betrüblichkeit die allgemeine Anmaßung und Rückständigkeit des fleischernden Ärztestandes dieses unseres Landes verkörperte und der mit seiner zerbrochenen Ehe vom Wohlbefinden unseres geschlechtlichen Ethos zeugte. Und, dann wußte ich auch sicher, daß dieser arme ruinierte Mann jede Woche einmal in einem kleinen Kino nahebei saß; es spielte ausschließlich sogenannte unzüchtige Filme. Verständlich, daß diese Gewohnheit, mehr noch als das fehlende Bein oder die fehlende Frau, für seinen schlechten Ruf verantwortlich war. Kein Wunder, daß ich seine verkrüppelte Anwesenheit bewunderte und genoß.

Wie gesagt, Überraschungen gab es keine. Wie gewöhnlich zwang sich der Arzt, den Korridor der ganzen Länge nach abzuschreiten, um mich zu grüßen, indem er eine fette, aufgeregte Hand seitlich fürs Gleichgewicht hinausstieß und in großen Bögen sein künstliches Gehglied von der Hüfte wegschnellte; typisch, daß er nie gelernt hatte, es zu brauchen. Gefühlvoll war unser Zusammentreffen; er konsultierte seine Patientenaufzeichnungen; er erkundigte sich nach meinem allgemeinen Gesundheitszustand und nach der Gesundheit meiner Frau; unaufgefordert zog ich mir Hemd und Unterhemd aus; er verschwand; er kehrte an seinen Schreibtisch zurück; das künstliche Bein schob sich in voller und drohender Größe zwischen uns. Wieder begrüßte ich still seine zitternde Hand, seinen dicken Belag im Hals, die Zigarette, die ihm die Finger verbrannte. Wieder schätzte ich die ungefüge Klumpigkeit des schlecht angepaßten Beines ab, stellte wie üblich fest, daß unser Land ganz einfach in der Herstellung von künstlichen Gliedern nichts taugt, weil wir uns nicht mit den Bedürfnissen und Unvollkommenheiten des einzelnen menschlichen Körpers beschäftigen. Wieder einmal ist mir deutlich geworden, daß der jetzt neben mir paffende und hustende Doktor, der mir mit nackten und unsicheren Händen an der nackten Brust herumfummelte, in der Nacht eigentlich wachliegen und seinem künstlichen Bein zuhören müßte, wie es hinter seiner Schlafzimmertür auf und ab geht. Was ihm vom Leben blieb, das widmete er diesem hohlen Bein; es trug eine grüne Socke und einen staubigen Schuh. Ja, ob er nun unter der Herrschaft dieses häßlichen Beins stand oder nicht, er hörte jedenfalls den kräftigen Schlag meines absolut zuverlässigen Herzens ab. Ich bedauerte, nie neben ihm im alten Kino gesessen zu haben.

Ich wartete; ich genoß die kalte Luft auf der Haut meiner Brust, meiner Schultern, meiner Arme; ich beobachtete die kranke Palme unten im öffentlichen Park; ich registrierte es vergnügt nickend, als der verkrüppelte und schwitzende Doktor einen seiner vollen Aschenbecher zu Boden schlug, wie er es immer tat. Mir gefiel das Erscheinen seiner Sekretärin und Kinderfrau, deren Körper die Gestalt eines Mädchens und die Beschaffenheit einer alten Frau hatte. Während sie wie üblich eine hübsche Menge Blut aus der dicken blauen Vene meines linken Armes zog, hörte ich dem Doktor zu, wie er durch die Nase, durch den Mund, durch Nase und Mund feucht atmete. Ich hörte mit Vergnügen zu; mit Vergnügen nahm ich einmal mehr wahr, daß die alte Kinderfrau und Sekretärin sich nicht mit einem Parfüm, sondern mit dem überwältigenden Antiseptikum betupft hatte, das Blumen tötete und einiges zu unserer Lage aussagte.

Die Augenblicke liefen vorbei wie Elfenbeinperlen auf einer schwarzen Schnur. Im Reagenzglas stieg mein Blut. Wieder hatte ich meine kurze Affäre mit dem alten Röntgenapparat, der nach vielem Klacken und Stöhnen meine Geduld mit seinem Geräusch belohnte; es war das einer Herde verwundeter Gänse in ungewissem Flug. Und ich gab genau die verlangte Menge Urin ab, sah dem Arzt zu, wie er selbst das kleine warme Fläschchen mit einem Gummiband und Papier verpackte, staunte noch einmal, daß in einem einzigen Menschen so viel schmerzvoll Nichtzusammenpassendes so ungeschickt zusammenkommen konnte.

Nun, einmal mehr sagte mir der Doktor, ich sei bei makelloser Gesundheit, wie du dir denken kannst. Und natürlich schöpfte er keinen Verdacht, keinen. In der ganzen Bedrängnis und Ungeheuerlichkeit behielt er seine Unschuld. Er konnte schwerlich wissen, daß in ein paar Tagen am anderen Stadtrand ein unrasierter, eine gelbe Zigarette rauchender Labortechniker das Blut eines bereits toten Mannes analysieren würde; oder, daß das verwischte Bild der Rippen und des einen Lungenflügels auf der Röntgenplatte nur soviel Realität wiedergab, wie die weißen, sich gegenseitig befeuchtenden Organe in einem seiner wöchentlichen Filme.

Ja, es gibt auf der Welt keine Gerechtigkeit: Wir können nämlich sicher sagen, daß das arme einbeinige Wesen zum Schluß seinen einzigen Patienten verloren hat; und nicht einmal aus eigener Schuld. Was aber ist, so fragst du, wenn sogar dieser elende Mensch weiterlebt: warum sollten dann wir es nicht tun? Warum steckt in deinem engsten Freund nicht einmal der Überlebenswille dieses Krüppels? Nun, laß dir langsam, ruhig antworten. Das Problem liegt darin, daß du wieder emotional bist, statt rational. Vergiß nicht, daß meine beiden Beine gesund und meine Frau mir treu ist. Verstehst du?

Ja, sie muß sich übergeben. Das hättest du aber nicht zu erwähnen brauchen. Mein Gehör funktioniert makellos, und ich reagiere auf diese leisen entsetzlichen Geräusche genauso empfindlich wie du. Meinst du, ich hörte es nicht? Ich hätte es nicht schon gehört? Letztlich gibt es nichts Schlimmeres, als menschliche Schmerzgeräusche ohne Worte. Und der Mageninhalt meiner eigenen Tochter ... Sogar du wirst mir zugeben, ich müßte deswegen eigentlich um so saurer sein. Aber ich bin nicht sauer. Und trotz unserer sogenannten natürlichen Neigungen – warum sollten wir nicht gemeinsam feststellen, daß die arme Chantal ihr Erbrechen verdient hat. Und sicher ist es nicht schlimmer als dein Keuchen.

Tatsächlich würde ich als Musikbegleitung zum Melodrama – hättest du uns das Vergnügen meines prächtigen Autoradios gegönnt – nicht die aufgeschwemmte Orchestrierung eines Gewoges uninteressanter Gefühle laufen lassen, sondern ein leichtes Hintergrundgewebe aus leisem Jazz. Die gelöste und ziemlich beliebte Synkopierung hätte jede unserer Kurven in Watte gepackt, während die hellen Töne einer, sagen wir mal, Klarinette obenaus geschwungen wären; hätte er sie hören können, dann hätte sie den Gegensatz zwischen dem schlaflosen Ziegenhirten und unseren plötzlich und grausam in der rechten Ecke der feuchten Nacht auftauchenden Scheinwerfern noch herzzerreißender gestaltet. Hörst du diese schwarze Klarinette? Hörst du die brisenhafte Frische dieser trockenen und hochgezüchteten Musik? Die Melodie ist gefällig, sogar Eleganz und eine Prise gelegentlichen Humors tauchen im glasklaren Begleitstil des unsichtbaren Pianos auf. Wie vollkommen dieser

Lyrizismus zu uns paßt. Welch prächtige, unpersönliche Sanftheit hätte er zu den Spannungen unseres erdachten und überlegtermaßen dilettantischen Films beigesteuert. Na, der Sender ist bereits eingestellt. Du brauchst nur den Arm auszustrecken, deine Finger auszustrecken, den Schalter zu berühren. Reizt es dich noch immer nicht? Selbstverständlich nicht. Verstehe.

Etwas schneller? Du hast völlig recht, ja, wir fahren jetzt eine Spur oder zwei schneller als zuvor. Jetzt kommt der Moment, wo ich meine letzten Forderungen stellen muß. Wie du sehen kannst, werden mir die Arme steif, meine Finger werden steif, obschon ich die Hände nie vom Steuer nehme; mein Gesicht konzentriert sich, ist anormal weiß, und jetzt – wie bei vielen Menschen, die den Vergnügungen und Gefahren des Hochgeschwindigkeitsfahrens verfallen sind – jetzt arbeitet mein Mund fein mit den Augen, Händen und Füßen zusammen, so daß meine schweigenden Lippen mit dem Wagen selber sich bewegen, so, als steuerte ich uns redend auf unser Ziel zu. Und wir nähern uns unserem letzten Bestimmungsort. Weit sind wir nicht mehr weg. Bald betreten wir den Bannkreis von Honorines verwirrendstem und dennoch beruhigendstem Traum. Und jetzt glüht der Motor unseres Wagens unter der Haube wie ein riesiger Rubin. Wie schade, daß wir ihn nicht sehen können. Was für ein Pech, daß der Regen mit unserer Fahrt unbedingt Schritt halten will.

Während wir noch beim Thema der invaliden Ärzte und der sich erbrechenden Kinder sind, und da wir heute abend sozusagen unser nationales Inventar aufnehmen, darf ich im Vorübergehen anmerken, daß unsere medizinischen Institutionen ganz allgemein dem Ungenügen oder der Exzentrik unseres spezialisierten Personals entsprechen. In anderen Worten: Unsere öffentlichen Krankenhäuser sind so schlecht wie die Leute in ihnen. Nimm als Beispiel das Krankenhaus bei LaRoche. Ich habe mit diesem ominösen und irgendwie belustigenden Ort keinerlei Erfahrungen aus erster Hand gemacht; tatsächlich habe ich es nie gesehen. Aber aufgrund guter Zeugen und dank meiner Theorie der Entsprechungen, die ich dir schon ausführlich beschrieben habe, weiß ich ganz sicher: dieser finstere und windzugige kleine Hort von zirka zwanzig Betten besitzt keinen getrennten oder gar eigenen Eingang zur Aufnahme von Notfällen. Keinen. Ein paar Lichter brennen; einige Köche rauchen in der Küche ihre Stummelpfeifen; der ganze heruntergekommene Innenraum des Gebäudes riecht wie ein Feld faulender Zwiebeln. Und es gibt keinen Eingang für Notfälle. Da gibt es keine Möglichkeit eines raschen und zugänglichen Durchganges von der engen Kopfsteinstraße zum kleinen weißgetünchten Raum hinten rechts, wo einfache Erste Hilfe geleistet werden kann. Für den blutenden Lastwagenfahrer, oder womöglich für seine Leiche, gibt es keinen anderen Zugang zu diesem kleinen Raum als den durch die Küche. Durch die Küche. Es ist ein Skandal. Sogar unsere eigenen Überreste, so wie sie dann eben aussehen, werden auf rasselnden Tragbahren durch die verrauchte Küche des miserablen Krankenhauses bei LaRoche hindurchbugsiert werden; durch die Küche hindurch, wo die großen Kessel mit der Suppe für den nächsten Tag die passende Umgebung zum Fuß ohne Schuh im Morgengrauen liefern. Siehst du die Anspielung, die Beleidigung, die darin stecken? Ja, überall ist es dasselbe: Zimmer ohne Türen, Spülbecken ohne Abläufe, Leitungen, die nie an eine Wasserversorgung angeschlossen werden, Leichen oder blutende Opfer, die für immer durch die Küchen der Krankenhäuser dieses unseres Landes getragen werden.

Aber warum, so fragst du, gibt es diese schreckliche und zugleich komische Entsprechung zwischen einem medizinischen Gebäude und seinen menschlichen Insassen? Die Antwort liegt auf der Hand: Es gibt ganz einfach keinen Unterschied zwischen dem Künstler, dem Architekten, dem Arbeiter, dem Arzt, dem blutigen Opfer und dem Koch, der seinen Kohl in Scheiben schneidet. Einer wie die anderen teilen sie sich in unser nationales psychologisches Erbe. Einer wie der andere werden sie von den Doppelmotoren der Ignoranz und der willentlichen Barbarei getrieben. Du nickst; auch dir sind diese beiden starken Antriebe unseres Nationalcharakters vertraut, Ignoranz und Barbarei, wohin man auch blickt, und sogar bei den Begabtesten von uns, den allersorgsamst Erzogenen, werden diese beiden tierischen Triebkräfte bei Gelegenheit ausbrechen. Unser Eigentliches bleibt immer verborgen; Empfindsamkeit ist eine bloße Verschleierung des Egoismus. Heimlich ermutigen wir alle die Ignoranz; im Herzen sind wir alle bereitwillig Barbaren.

Na, tatsächlich sind diese Eigenschaften auch schuld an unserem Charme, an unserer Gutmütigkeit, an unserem hübschen Aussehen, an unserer Arroganz, an unserer Dienstfertigkeit, die jederzeit explodieren kann. Wir sind, was wir sein wollen. Wir möchten es nicht anders haben. Der Typus unseres Durchschnittseinwohners ist erstrebenswert und unausweichlich. Du und ich? Du und ich, wir sind zwei perfekte Beispiele unseres nationalen Durchschnittstypus.

Der Grund, weshalb wir ein so vollkommenes Paar bilden, eine so angenehme gegenseitige Ergänzung, liegt darin, daß du ein ausgewachsener Löwe bist, während durch die Sümpfe meines eigenen unerschütterlichen Leos ein kleines finsteres Flüßchen von Skorpion fließt. Du hast es nicht bemerkt? Aber natürlich konntest du nichts von meinem skorpionischen Einfluß ahnen, weil ich überlegt, wenn auch beiläufig, noch die leiseste Spur dieses höchst verdächtigen Einflusses vor deinem Entdeckerdrang verborgen habe. Du siehst, wie gut ich täuschen kann, zumindest immer dann, wenn ich meine, die Täuschung sei gut für uns beide. Jetzt brauchen wir nur noch ein Korn mehr auf den Haufen unsrer triumphierenden Ironie zu werfen. In unserem Fall stellt es sich nämlich heraus, daß der Lyriker das dickhäutige und einfältige Vieh des Ego ist; während es entgegen allgemeiner Ansicht der nur gewöhnlich privilegierte Mensch ist, der schließlich auf feinste Art diese leichten, schrecklichen künstlerischen Talente auspackt. Ja, du bist das Wesen, das im Winde brüllt, derweil ich die kraftvolle Wanze an der Wand bin. Aber, interessiert dich das nicht? Das amüsiert dich nicht? Und doch, wenn du nur einmal Pause machen und nachdenken würdest, cher ami, dann fühltest du, daß hinter meinem kältesten Handeln und hinter meiner spaßigsten Manier keine Feindschaft steht, sondern allertiefste Zuneigung. Schließlich treibt mich mein einflußreicher Skorpion zu unvorstellbarer Zärtlichkeit.

Applaus, Applaus für die dunkle Nacht. Die Finsternis liebe ich. Nicht nur regressiver Freuden wegen: nicht wegen Komfort, Sicherheit, dem Frieden eines Traumes. Nein, ich bin als Mensch viel zu aktiv, als daß ich einfach in sinnlicher Unbeweglichkeit verharren könnte, obschon ich meine Neigungen auch in dieser Hinsicht keineswegs verhehle. Nein, es ist ganz einfach so, daß die Nacht für meine Augen das ist, was die Schutzbrille für den Elektroschweißer. Durch die dicke grüne Linse der Nacht sehe ich nur das allerhellste und allererschreckenste Licht.

Der Friedhof zum Beispiel, an dem wir gleich vorbeifahren – ja, ein Friedhof, das Glück will es so, neben dem Feldhasen und der freundlichen Synkopierung des leisen Jazz, der jetzt natürlich intensiver und schneller wird – der Friedhof, an dem wir in Kürze vorbeifahren, steht mir schon klar vor Augen, glänzend, felshart, reglos. Du würdest nichts sehen, nicht einmal, wenn du hinschautest, also kümmere dich nicht darum. Ich sehe längst genug für uns beide. Jedenfalls steht der Friedhof – und jetzt sind wir übrigens gleich vor ihm, gerade da, links – der Friedhof steht mir jetzt vor Augen, klein, erhebt sich in Stufen, eine sehr alte und typisch wohlgeordnete Anordnung von Kreuzen, Krypten und Mausoleen aus schwarzem Marmor, aus weißem Marmor, aus einer Art von dunkelgrauem Stein; und es ist ganz so, als starrten wir auf dieses kleine Dorf der Toten (die Ähnlichkeit, cher ami, ist ganz treffend) von einem stehenden Fahrzeug aus; das Fahrzeug könnte auf unserem leeren, winddurchzausten goldenen Feld gleich gegenüber diesem kleinen, ausgezeichneten Zeugnis unserer todesseligen Kunstanstrengungen stehen. Ja, genau, so genau, so total und deutlich sehe ich unseren Friedhof, dank der Nacht. Und da scheint Sonnenlicht, aber keine Sonne, ein Schein stumpfer Tageslichtfarben, die man nur in der allerschwärzesten und, möchte ich hinzufügen, in der allernässesten Nacht sehen kann. Die weißen Vasen, die roten Blumen aus Wachs, die vollgesogenen Kranzschleifen, die winzigen Fotos, die aus einem Album herausgerissen sein könnten – alle Teilnehmer am letzten großen Krieg abgebildet; und die Reihen aus

Kies und kleinen vergitterten Fenstern und aus Steinrechtecken in Körpergröße gebildet; und Gott sei Dank, in diesem ganzen Konglomerat von Frömmigkeit und schlechtem Geschmack ist kein einziger Trauernder zu sehen – nun, da hast du meine Vorstellung vom wahren Grund, weshalb ich nachts so gern fahre. Nicht nur, weil die Straßen nachts gewöhnlich nicht benützt werden. Keineswegs.

Ja, ist dir dieser Friedhof irgendwie vertraut gewesen, cher ami? Er hätte es sein sollen.

Stille. Der Vogel im Flug. Stille fällt zwischen Fahrer und Passagier, die sich auf einer einsamen Straße festgefahren finden; festgefahren in ihren Absichten, festgefahren zwischen Haß und Liebe, zwischen Erinnerung und Vorstellung. Aber du brauchst dir nicht die Mühe zu machen, das Kinn zu heben, den Kopf zu drehen, dich aus deiner schweren Betrübnis heraus in unglückliches Reden zu stürzen. Ich weiß, was du denkst. Ich könnte gar nicht herzlicher beipflichten. Der Stille hetzen wir nach, du und ich. Stille. Auch ich sehne mich danach. Nicht nur du.

Sie wird uns nicht vorenthalten bleiben. Jetzt stehen wir ja auf der Kippe zur Hemmungslosigkeit; und auf Zeitgewinn brauchen wir nicht mehr zu spielen; und da, neben uns sterben die Bäume, die kleinen Sprosse produzieren ein helles Grün, die landschaftlichen Sehenswürdigkeiten fallen links und rechts von uns so schnell dahin, daß ihre Wichtigkeit in direktem Verhältnis zu unserer wachsenden Beschäftigung mit uns selber und mit dem Kommenden abnimmt. Ja, die Stille frißt die Sicht weg.

Die Moral von dem allem heißt: Vertraue mir, aber glaube mir nicht – nie. Auch wenn ich die dahinrasenden Sehenswürdigkeiten leugne, muß ich doch unbedingt deine Aufmerksamkeit auf diese kleine, etwas von der Straße abliegende Kirche in diesem dichten Klumpen nackter Bäume rechts von uns lenken. Natürlich hat die Kirche mit dem Friedhof nichts zu tun. Der Friedhof liegt schon weit, weit hinter uns. Er ist vorbei. Nein, das ist die Kirche; sie wird von dem alten Weib bewacht, das den Ort mit seinem Stock und seinem Hund beherrscht. Sie ist ein unausstehliches altes Wesen; sie wollte mich einschüchtern und verjagen am Nachmittag, wo ich anhielt und umherschlenderte und mir die historische Stätte ihrer häßlichen kleinen Kirche einprägte. Sie hat einen schönen Husten, das kann ich dir sagen. Und ich wußte sogleich, daß die strauchige Heiligkeit der Kirche und des versehrten Kalvarienbergs sie nicht stärker berührten als mich. Jedenfalls erweckte der Glockenturm in mir nicht mehr das unpersönliche Interesse an einem Orientierungspunkt; und ich empfand ein persönliches Interesse für den Springbrunnen, den ich, wie ich wußte, im hohen Gras hinter der Kirche entdecken würde.

Der Springbrunnen war da; wie ich angenommen hatte. Und stell dir einmal vor, die lokale Legende nannte ihn den »Brunnen der Klarheit«. Du kannst dir mein Vergnügen denken, als ich im letzten Sonnenlicht da stand, den genauen Augenblick unserer finsteren Vorbeifahrt präzis im Kopf – ich hörte den Regen, die Maschine, den Motor, die Reifen, ich sah unsere Scheinwerfer –, und mich gleichzeitig vorbeugte und mein eigenes Gesicht im kleinen Wasserbecken betrachtete, das tief unten im Brunnen der Klarheit liegt. Dessen alter Hersteller, der Handwerker, kann nicht gewußt haben, daß eines Tages ein privilegierter Mensch wie ich sein Werk so bewundern würde. Die Erschaffer dieser alten Legende können nicht gewußt haben, daß ich mir von meinem Leben nie etwas anderes erwartet habe als Klarheit. Ich bin der Klarheit so unerbittlich nachgegangen, wie Gläubige ihrem Christus. Da stand ich also, sah die Algen auf dem Grund des Beckens, die Blässe des stillen Wassers, die rohe, gelungene Erfindung des im hohen Gras verborgenen Springbrunnens. Das Zusammentreffen war belustigend. Aber mein eigenes Gesicht, unsere dunkle Nacht, die so wirklich für mich war, wie sie's in diesem Augenblick ist, und das Auto, das auf dem Schmutzweg im Schatten des elendiglichen Kalvarienberges auf mich wartete – das alles war nichts, gar nichts verglichen mit der Heftigkeit, mit der ich damals die Existenz unserer Honorine betrachtete. Hier deine Muse, da meine Klarheit: Ich kann dir nicht schildern, wie zufrieden ich war, als der Gedanke an Honorine die Stille eines irdischen Ortes erfüllte; bis auf den Springbrunnen war er vielleicht ein bißchen zu pittoresk. Aber hätte ich je einen Ehering getragen – ein Gedanke, der mir immer geschmacklos vorgekommen ist –, bestimmt hätte ich ihn da ausgezogen und als Opfer ins kalte Becken geworfen, woraus Kühe getrunken haben und die alte Frau ihre Krüge und Flaschen gefüllt hat.

Sicher ist es gleichgültig, daß ich keinen Ring getragen habe. Aber sag mir, fühlst du dich besser?

Näher. Ja, wir kommen immer näher. Und siehst du, wieder einmal muß ich schalten. Die Gänge von einem Samtplateau aufs nächste schieben. Und jetzt werden wir sozusagen direkt auf Honorine in ihrem Mammutbett zugetrieben. Jetzt wird sie tatsächlich lächeln in den Tiefen ihres Schlafes. Aber natürlich hat sie wie üblich die alte Laterne für uns brennen lassen, brennen zu unserer Ehre und unserem Schutz. Wenn ich es nicht vergesse, will ich sie dir zeigen – die alte Laterne, die am Ende ihrer Kette baumelt.

Eifersucht? Eifersucht?

Nach allem, was ich gesagt habe ... nach meiner Lustfrau ... nach Monique ... nach meinen ganzen heftigen Beteuerungen von Zuneigung ... nach allem, was ich zur Klärung unserer Situation und zur Milderung deiner Angst getan habe – greifst du jetzt zum letzten Mittel und wirfst mir bloße Eifersucht vor? Als wäre ich nur einer dieser im Saft stehenden Kapitalhengste, der nicht einmal den Mut hat, seine Finger in die geheimen Stellen des anziehenden Körpers seiner Stenographin zu bohren; der eine grüne Gesichtsfarbe kriegt, wenn er sich vorstellt, daß seiner einsamen Frau im Innersten ihres Herzens das zitternde Verlangen kommt, zuschauen zu dürfen, wenn der beste Freund ihres Mannes nackt und tropfend aus dem heißen Wasser seiner Wanne steigt? Willst du mich mit solchen Andeutungen anhalten, sozusagen auf den festen Boden herunterholen? Als käme mir auf deine Bemerkung hin plötzlich die große Selbsterkenntnis, und ich nähme dein Urteil an und riefe aus: Ja, diese ganzen Jahre bin ich nach außen hin ein ausgezeichneter Schauspieler gewesen, während ich innerlich die unangenehmsten Banalitäten des Sexualneids gepflegt habe. Als wärst du der Held und ich der Schurke; der eine nimmt offen und, darf ich sagen, töricht die Gunstbezeugungen der ehrlichen Gattin und der naiven Tochter des anderen entgegen, bis der andere jahrelang (auf seinem Klo, in seinem mönchischen Schlafzimmer, in seinem kalten Auto, das Seite an Seite mit dem seiner Frau im früheren Stall geparkt ist) genug Galle geschluckt hat, um zur Tat zu schreiten. Ja, bist du denn so töricht? Und könnte ein Mensch, sogar ich, solche heftigen Empfindungen so lange aushalten? Und willst du andeuten, Honorine sei nicht empfindsam, nicht scharfsichtig? Wenn ich tatsächlich die ganze Zeit die untergründige Raserei der Eifersucht empfunden und unterdrückt hätte; wäre das nicht in einem kleinen Zeichen zum Ausdruck gekommen, das Honorine in ihrer ganzen Sorge um mein Wohlergehen sogleich bemerkt hätte? Na ja, du siehst, was ich von deinem letzten Hilfsmittel halte. Dieses Argument öffnet dir keinen Fluchtweg.

Selbstverständlich stimmt es, daß du kein besonders guter Lyriker bist. Ich habe mit meiner Meinung nie hinter dem Berg gehalten. Und es stimmt, daß dein Abstreiten (was deinen Wert, die Größe deines Publikums, die Höhe deiner Literaturpreise, das Ausmaß deines schöpferischen Leidens sowie dein allgemeines Lebensunglück betrifft) mir immer anstößig vorgekommen ist. Und daß du ein emotionaler Parasit bist, stimmt. Würdest du das abstreiten? Was deine furchtbare und andauernde Ernsthaftigkeit betrifft, so stimmt es tatsächlich, daß ich bei gewissen Gelegenheiten, wo du allein vor dem Kaminfeuer vor dich hingebrütet hast, wo du mit Honorine über einem langweiligen Vers gebrütet hast, wo du nach einem oder zwei Gläsern Cognac dein Brüten zugunsten eines schlechtgelaunten, angeberischen Monologes für Honorine und für Chantal und für mich aufgegeben hast – daß ich mich da tatsächlich danach gesehnt habe, du mögest plötzlich in ein einziges langanhaltend und durchdringend kreischendes Gelächter ausbrechen. Aber das ist alles. Ich habe dir nie größere Pein oder größeres Unbehagen gewünscht als das. Also bitte, klag mich nicht an, ich sei eifersüchtig. Ist eine schlechte Idee und ein armseliges Spiel.

Andrerseits ist es auch richtig, daß du sogar nach diesen ganzen in intimer Gemeinsamkeit verbrachten Jahren noch immer vieles von Honorine, Chantal und mir nicht weißt. Heute abend bezeugen es meine Ausführungen. Und diese Ausführungen, das versichere ich dir, sind nur eine leise Andeutung dessen, was du alles von uns dreien nicht weißt. Nur die klare, weiße, brutale Spitze des Eisbergs, um eine vertraute, aber unentbehrliche Formel zu gebrauchen. Aber warte mal. Halt noch einen Moment an. Denk mal an alles, was du von deiner Geliebten und von ihren beiden einzigen lebenden, nach Blut oder Gesetz Verwandten wirklich weißt. Würdest du dieses Wissen in einem deiner Gedichte ausbreiten, so würdest du uns drei ein Leben lang in Verlegenheit bringen. Mich zumindest würde eine solche Enthüllung in schwere Verlegenheit stürzen; Chantal oder Honorine vielleicht nicht; sie könnten deine Manier der permanenten Anbetung hoch schätzen.

Ja, hast du denn alles vergessen? Muß ich dich an den Nachmittag und sogar an die Stunden erinnern, wo du Honorine deine erste Widmung geschrieben hast – in ihr Exemplar deines ersten Lyrikbandes hinein? Ja, Honorines gehütetes Exemplar dieses Bandes; deine frühesten und, wie ich gehört habe, unselbständigsten Gedichte; meine eigene Füllfeder, jene mit der Goldspitze, du hast sie dir fast wortlos für die Gelegenheit ausgeliehen. Erinnerst du dich nicht? Es hat Zeiten gegeben, da hätte ich mir gewünscht, Honorine würde mir deine erste Widmung zeigen; dann aber gefiel es mir wieder ebenso sehr, daß statt dessen kein Blick, nur ihr eigener darauf fallen durfte. Immerhin ist mir an jenem Nachmittag ein Blick auf deine schwarze blumige Handschrift gelungen, und, ehrlich, daraufhin habe ich meine Feder mit der goldenen Spitze eine Woche lang nicht aufgeschraubt.

Was aber mit jenen ganzen frühen Tagen, Monaten, Jahren, wo ich mich jeweils früh in mein luxuriöses, aber mönchisches Schlafzimmer zurückgezogen habe, auf unnötige Geschäftsreisen gegangen bin, Chantal in die Berge in die Ferien geschickt habe? Hast du vergessen, wie umsichtig ich gewesen bin, und wie verschwiegen, wie erfinderisch, wie zartfühlend? Erinnerst du dich nicht an Honorines Freude, wenn an einem Tag zwei Blumengeschenke auf dem Flügel standen? Oder an diese ganzen Winterabende, wenn wir alle drei zusammen auf einem weißen Lederdiwan die Sammlung von großen deutlichen Fotografien mit den bezaubernden pornographischen Stellungen einer höchst intelligenten Frau aus gutem Hause genossen haben? Sicher erinnerst du dich an die bildlichen Zeugen von Honorines Leben, von der Jugend bis ins mittlere Alter, wo ihr Genuß an der eigenen pikanten Autoerotik zunehmend subtiler, kühner wird? Sicher hast du die Nacht nicht vergessen, in der du die Bemerkung gemacht hast, jeder Mann wünsche sich eine ganz gewöhnliche Frau, welche eine darstellerische Naturbegabung im Theater der Sexualität sei? Na, an dieser Bemerkung habe ich mich tagelang gelabt. Tue es noch immer. Es ist vielleicht der einzige lyrische Einwurf gewesen, den du je gemacht hast.

Ich könnte noch mehr sagen. Ich könnte dich an unsere Meinungsverschiedenheiten erinnern – sie waren zu erwarten – oder an unsere sogenannten Familienfeiern; zum Beispiel: das Ereignis meines fünfzigsten Geburtstages, als du dich endlich entschlossen hast, eines deiner wertvollen Bücher dem sogenannten Herrn des Hauses zu widmen. Ich könnte dich an alle physisch greifbaren Momente erinnern, als du mir mitzuteilen pflegtest, wie aufmerksam du mein Vergnügen, meine Großzügigkeit, meine völlige Unerschütterlichkeit verfolgest. Zum Beispiel brauchte ich nicht mehr zu sagen als »die King Drinks«, um dich an unsere alljährlichen Nachtfeste zu erinnern, als wir drei um unseren Kuchen mit der Blumenkrone herumsaßen und den Nationalfeiertag des Vierten Juli mit Schreien des Glücks und der Bewunderung willkommen hießen. Sicher erinnerst du dich, daß du immer der König gewesen bist, obwohl ich dich lieber nicht daran erinnere, wie dümmlich du mit deiner berühmten Zigarette und dem offenen weißen Hemd und mit der Papierkrone ausgesehen hast. Du akzeptiertest deine Königswürde unter Grummeln, ebenso wie deine Berühmtheit; du hast sie aber doch akzeptiert. Oder zum Beispiel fiele es mir leicht, dieses einzelne Wort, diese paar Worte auszusprechen, die in deiner Erinnerung sogleich das Bild deines, meines Körpers aufsteigen ließen, sowie den Körper von Honorine, wie sie ihr pflaumenfarbenes Nachthemd vor der Aschenglut auszieht, die in der konischen Einbuchtung ihres Schlafzimmerkamins noch glimmt.

Wie es so ist – das Buch, in das du mir eine Widmung geschrieben hast, ist nicht mehr. Was soll's. Du weißt, worüber ich rede, und nichts davon – nichts – kannst du bestreiten. Darum solltest du mich nicht beschuldigen, ich sei eifersüchtig. Es ist jetzt nicht der Augenblick, mich so tief zu verwunden.

Jetzt muß ich dir sagen: Wenn wir erst einmal an Tara vorüber sind, werde ich nicht mehr reden. Und dich warne ich; wenn du noch eine einzige Bewegung machst oder einen Laut von dir gibst, wenn wir an Tara vorbei sind, dann wird dein Tod kein ironischer Triumph, sondern eine langgezogene glücklose Agonie.

Dabei will ich doch gar nicht in diesem Ton sprechen. Verzeihst du mir? Um die Spannung abzubauen, kann ich dir sagen, daß mich, immer wenn etwas Ungewöhnliches passieren will, meine Brust juckt. Da, die Haut in der Gegend meines Brustbeins reagiert besonders empfindlich auf unerwartete Geschehnisse, auf Szenenwechsel, auf drohend bevorstehende Gewalt. Und jetzt juckt es mich!

Chez Lulu. Dort geschah es. Ich erinnere mich gut daran. Und welches Glück, daß du und nicht Lulu mich heute bei meinem nächtlichen Unternehmen begleitest; Lulu nämlich mag ein angenehmer und sogar verführerischer Riese von jungem Mann gewesen sein, wäre aber der geistigen und emotionalen Strenge unserer privaten Apokalypse kaum gewachsen. Im Lokal, das seinen Namen trug, war er ein hervorragender Gastgeber; aber ich kann mir bei den sehr schwierigen Umständen einer Debatte wie dieser niemanden denken, der so enttäuschte. Keine Angst, unser charmanter dunkelhaariger animalischer junger Mann hätte wirklich nie ein Ersatz für dich sein können. Und doch gefiel er beiden, Honorine wie Chantal. Jedenfalls erreichte Chantal im *Chez Lulu* ihre gefühlsmäßige, wenn auch nicht ihre gesetzliche Volljährigkeit, und zwar in einem Schauakt, der dir Freude gemacht hätte. Chantal kann zu der Zeit nicht älter als fünfzehn Jahre gewesen sein.

Ja, jedermann mit einem Hang zum Meer und zu Sommermonaten, die eine gewisse harmlose Dekadenz versprechen, wird das *Chez Lulu* allein schon an seinem Namen erkennen. Auch du mußt so was in einem Dutzend Badeorten an der Küste gesehen haben: die Anlege ist kaum groß genug für eine Handvoll Segelboote und für ein, zwei Yachten, der Sommerabend riecht stark nach Rosen und Krabben, Paare schlendern und turteln unter den stark duftenden Bäumen, und da, hinter einem paar Fuß breiten Streifen pulverfeinem Sand, liegt das Bar-Restaurant; ohne unanständige Musik und heranwachsende junge Leute und ohne Schnüre mit bunten Glühbirnen ist keine solche dunkle und idyllische Ecke denkbar; Stille, natürliche Schönheit, sichere Schwimmplätze sichern die Anziehung. Ohne *Chez Lulu* hätte das tolle Sommerufer bei Nacht keinen Champagner geboten, der schmeckte wie verschüttetes Bier, kein ausbrechendes Mädchenlachen, keinen Hinweis auf eine erste (oder vielleicht letzte) Romanze. Vielleicht fängst du schon an zu lächeln. Ich brauche nicht mehr zu sagen. Was ich sagen will, ist, daß wir uns erst spät im Leben entschlossen haben, unsere Sommerferien lieber an einem Ort in den Alpen zu verbringen statt am Meer, im zweiten und kleineren Haus von Honorines Mutter; vorher haben Honorine und ich zu den ersten Vorzugsgästen von *Chez Lulu* gehört. Ich kann dir sagen, da haben wir Muscheln, geröstet auf einem Feuer von Olivenzweigen gegessen und Lulu anerkennend zugelacht; er war der Besitzer und Zeremonienmeister; ein großer, schöner, amüsanter Mensch, übrigens mit einem unbeschränkten Repertoire an aggressiven Sexualtaktiken. Du kennst diesen Typus: einer dieser großgewachsenen stämmigen jungen Männer, aus dem ein ausgezeichneter Sportler hätte werden können, hätte er nicht einen so beharrlich unsteten Charakter gehabt.

Ja, jetzt wirst du die Szenerie im Kopf haben: An einem warmen Abend spät saßen Honorine und ich im *Chez Lulu* an einem geflochtenen Weidentisch am Rand des Sandstrandes; der junge Akkordeonspieler, und natürlich Lulu, setzten sich bereits auf einer niedrigen, rohgezimmerten Holzbühne in Szene; die Bühne sah vom Meer weg auf das animierte Publikum, auf Lulus alte und junge Vorzugsgäste; das Schutzdach aus gespannten Bambusmatten raschelte über unseren Köpfen; die bunten Glühbirnen waren außen um das Lokal herumgespannt wie ein heller Zaun; drüben in der schwülen Dunkelheit ging die Flut zurück; Lulu steckte schon ganz schön, und wie vorgesehen, in seiner ersten exhibitionistischen Phase ... Ja, alles schien Lulus Versprechen wahr machen zu wollen, es werde eine Nacht mit überraschenden und großartigen Unterhaltungsnummern.

Als Einleitung zur Nummer, die uns schon die ganze Woche als geheimes Ereignis angekündigt worden war, steckte Lulu gerade mitten in einer seiner eigentümlichen, anspielungsreichen Geschichten, bei welchen Honorine immer lächeln mußte und es sich in der ihr eigenen Haltung von Sehnsucht und Erwartung bequem machte. Die Geschichte handelte, wie wir herausfanden, von einem Mann, der an einem Nachmittag bei Regen von seiner Geliebten aus der Wohnung geschickt wurde, um an einer der belebtesten Straße der Stadt einen Bund Mimosen zu verkaufen. Die Geliebte war ein Raubtier, das nach Zähmung verlangte; dichter Regen fiel, die Straße war überfüllt (vor allem mit Kindern), der Mann hatte ein Gesicht mit erstaunlichen Narben und war so klein und so schwerfällig, daß er nicht viel mehr schien als ein beeindruckender Zwerg. Aber ganz wichtig: Diese malträtierte und lächerliche Gestalt hatte einen linken Arm, der vorn bis etwa an den Ellbogen abgezwackt war; einer dieser uns bekannten Geburtsfehler; sie treten sehr gern auf in unserem Land, das noch unter den Schwingen des Mittelalters steckt.

Weiter redete er, unser Lulu, begleitete seine Geschichte jetzt mit ausschmückenden Gesten; gelegentlich wurde das mit ein paar respektlosen Tönen vom Akkordeon punktiert. Na ja, als starrköpfiger und verärgerter Liebhaber versuchte er seinen riesigen Mimosenzweig im Regen zu verkaufen. Er hielt die Mimosen zuerst in der rechten Hand, dann mit einem wütenden Griff in der Achselhöhle seines versehrten Armstummels; dann schob er in einem Anfall von Schuldbewußtsein die Mimosen von der Achselhöhle in die ärgerliche Hand und zurück. Die Kinder lachten (auch wir, Lulus Publikum), der Mann ohne Hut war naß bis auf die Haut, ein kleines, aber elegantes Auto fuhr vorüber: ein riesiger Haufen leuchtend gelber Mimosen bedeckte sein ganzes Dach. Klar, diese Geschichte hatte natürlich kein Ende, sondern sie erlaubte dem schwitzenden Lulu ziemlich viele Kunststückchen, dazu gab's immer mehr saure Noten vom Akkordeon. Und obschon Lulu sich das Gesicht abwischte und lachte und sich dafür entschuldigte, daß er nicht zur Moral seiner Geschichte kam, egal wie schnell und wie klangvoll er redete, lachte doch jedermann im Publikum, weil unmittelbar und vergnüglich die angestrebte Moral kenntlich wurde; sie besagt, daß wir ein Land von Menschen sind, das sich nicht nur seiner Versehrten nicht schämt, sondern sich auch noch über sie lustig machen kann.

Jetzt kam aber der Augenblick des großen Amüsements, auf den wir alle so konzentriert warteten. Das Gelächter erstarb, Lulu wischte sich über die teilweise sichtbare Brust und übers Gesicht, der Akkordeonist beglückte uns mit einem großen glühenden Schwall von Fanfarenmusik, Lulu gab eine kurze, aber verlockende Ankündigung des Schauspiels, das wir jetzt zu sehen bekommen sollten. Dann drehte er sich um und zog ein gewöhnliches Bettlaken weg, das während der ganzen Geschichte vom unrühmlichen Liebhaber den hinteren

Teil der kleinen behelfsmäßigen Bühne abgedeckt hatte; sie, die Bühne ist alles – das kann ich dir jetzt versichern –, was vom *Chez Lulu* übriggeblieben ist; es ist seither längst nicht mehr in Betrieb.

Aber in jenem Augenblick, in jener Nacht, sahen wir noch keine Zeichen dafür, daß ein Abgleiten ins Körperliche unmittelbar bevorstand. Im Gegenteil; auf der kleinen Bühne standen nämlich drei junge Mädchen, die alle entzückend natürlich waren, nur mäßig scheu, und die anziehend in der lockerstmöglichen Kleidung steckten – in Knabenunterhemden und in enganliegenden Cordhosen. Die Familien dieser jungen Frauen befanden sich im Publikum; jedes Mitglied des Publikums kannte jede dieser Frauen aus bester Familie vom Sehen. Brauche ich den Applaus zu erwähnen, der mit dem Wegziehen des Lakens einsetzte? Brauche ich zu sagen, daß das kleinste und anziehendste der Mädchen unsere Chantal gewesen ist?

Sie war's, barfüßig wie die beiden anderen, und wie sie war sie so gekleidet, daß es schlicht wirkte und unerwünschte Unterschiede zwischen den dreien verwischte. Übrigens waren Honorine und ich uns zur selben Zeit mit Vergnügen bewußt, daß diese drei jungen unschuldigen Mädchen schon herausfordernder, indiskreter ausgezogen waren als die meisten halbnackten Damen in der Chorus Line eines Musicals. Du kannst dir denken, welche Schauer diese Kombination (die jugendlichen Amateure, das öffentliche Schauspiel) in jener Nacht durchs Publikum vom *Chez Lulu* jagte. Worauf, so fragten wir uns, hatte er unsere Mädchen trainiert? Und, was sollten wir von den drei großen orangefarbenen, in je etwa einem Meter Abstand mit dem spitzen Ende nach unten aufgehängten Karotten halten, die mit einer gewöhnlichen weißen Schnur an einem dünnen, oben befestigten Balken hingen? Was für einen »Akt« konnte Lulu bloß im Kopf haben?

Na, lange brauchten wir nicht zu warten. Lulu klatschte in die Hände, der Akkordeonist legte sein großes grelles Instrument beiseite, wir, das Publikum, reckten oder drängten uns nach vorn, einige von uns verließen sogar ihre Tische und setzten sich zwanglos in den kühlen Sand am Fuß der Bühne. Und dann, während die beiden Männer umherhuschten, den Mädchen etwas zuflüsterten und sie in einer genauen kichernden Linie quer über die Bühne in Stellung brachten, so daß jede genau hinter der ihr ausdrücklich zugeteilten hängenden Karotte stand, da knieten sich alle drei Mädchen plötzlich und wie auf ein vorher vereinbartes Zeichen mit erhobenem Gesicht, mit offenen Schenkeln und die Hände hinter den aufrecht gestreckten Rücken gesteckt nieder. Die Spitzen der ungeheuren Karotten hingen gerade noch in Reichweite der drei hübschen Lippenpaare, die, wie wir feststellten, für ihr Bühnendebüt mit einem glitzernden roten Kosmetikum frisch bestrichen worden waren. Es setzten Pfiffe, zufälliges Aufbranden von Händeklatschen, noch mehr Vordrängeln, hin zu besseren und näher gelegenen Zuschauerplätzen. Aber was nun, fragten sich Honorine und ich lächelnd und mit erhobenen Augenbrauen, was jetzt – Augenbinden?

Es gab tatsächlich Augenbinden; als sie zum erstenmal gezeigt wurden und während Lulu und sein grinsender Assistent sie wie breite weiße Bandagen dem jungen Trio über die Augen banden, das da kniete, als warte es auf den Revolver eines brutalen Henkers, da artikulierte das Publikum seine Zustimmung und seine Neugierde in einer neuen und unvermuteten Steigerung zwanglosen Verhaltens. Aber wir wußten jetzt, was kommen würde, ganz klar, und wir wußten, daß wir gleich eine Art

Wette oder Spiel zu sehen bekommen würden, an dem die Männer, die Mädchen und die Karotten beteiligt sein würden. Wir hätten kaum erregter oder einverstandener sein können.

Lulu gebot Schweigen, und im nächsten Augenblick konnte man sogar das Planschen von Wasser gegen den Rumpf eines unsichtbaren Segelbootes oder die Geräusche von Insekten in den Bambusmatten über den Köpfen hören. Alle Gesichter waren in bewundernswerter Aufmerksamkeit gespannt. Wir schauten zu, wie die drei Mädchen jetzt vom hellen Strahl eines einzelnen Scheinwerfers beleuchtet wurden, in ihrer knienden Stellung unruhig herumrückten und sozusagen ihre Muskeln sammelten und ihre hübschen schnüffelnden Gesichter wie Feldhasen hoben. Die Mädchen warteten; Lulu hob seinen plumpen rechten Arm; der Regieassistent ging hinter zwei Mädchen wie ein Sprinter in Stellung. Bereits hatten die drei reizvollen Wettkämpferinnen zu schwitzen angefangen. Aus einem Autoradio drang gedämpfte Musik über den kleinen mitternächtlichen Bootshafen.

Dann stieß Lulu einen Schrei aus, riß seinen Arm herunter und versetzte damit unser Trio schöner Mädchen in einen unbeschreiblichen Bewegungswirbel, der, wie wir gleich sahen, noch viel ausgeprägter, ja, fiebriger war, weil es den Mädchen nach den Grundregeln verboten war, ihre gespreizten Knie zu bewegen. In den vorangegangenen paar Augenblicken hatte im Publikum jedermann seine klare Wahl getroffen, jemandem treue Gefolgschaft geschworen, und man hatte sich auf eines der drei jungen Mädchen konzentriert, dessen Anstrengungen man bis zum Ende unterstützen wollte. Und schon jetzt, schon am Anfang dieses einfachen Sports, waren die Anfeuerungsschreie ohrenbetäubend.

Der Rest ist völlig klar, wie bei den meisten Geschichten. Und doch war da tatsächlich eine gewisse ständig steigende Erregung zu spüren, weil jedes Mädchen zunächst einmal seine Karotte orten mußte; ein Vorgehen, bei dem alle drei anfangs nur ihren guten Willen, ihre Unschuld, ihre gespannten jungen Körper (auf den Knien, unbeweglich auf den rohen Brettern), ihre gesamten ergreifenwollenden Gesichter zu Hilfe nahmen. Aber als das Spiel weiterging, begleitet von wogendem Applaus und von angehaltenem Atem, fing ein Mädchen ums andere an zu merken, was von ihnen verlangt wurde; sie entdeckten in sich selber eine Hingabe, die sie bis dahin unmöglich gekannt haben konnten. Allmählich haschten sie nämlich jetzt nach den Spitzen der Karotten, mit ihren offenen Mündern, mit ihren hellen roten Mädchenlippen, die sie jetzt zu einer ovalen Form zusammengezogen hatten; oder sie versuchten die fetten Karotten schnell und recht geschickt mit ihren glänzenden Zungen einzufangen. In all dem steckte ein gutes Teil Spannung und Komik, wenn nämlich Nasen mit Karotten zusammenstießen, oder wenn eine rotgewordene Wange zufällig eines der großen orangenen Dinger außer Reichweite stieß. Die Mädchen schwangen hin und her und streckten sich und fielen auf die gespreizten Knie; die Karotten pendelten in wilden Kreisen; die beiden Männer wirkten, wenn man so sagen darf, dringlich und als Piloten auf die jetzt heißen und blinden Mädchen ein. Ja, Lulu widmete seine ganzen Anstrengungen Chantal, während der Akkordeonist, der arme Kerl, seine Aufmerksamkeit zwischen den beiden anderen jetzt außer sich geratenen Mädchen teilen mußte. Natürlich war es nur allzu deutlich, daß Lulu und sein Regieassistent ihre Zöglinge auf die totale Inbesitznahme der wenig entgegenkommenden Karotten zuführten, und das nicht nur mit geflüsterten Worten, sondern auch mit Händen, die kurzfristig auf einer nassen zarten Schulter sichtbar wurden und dann über lange Zeit völlig unsichtbar blieben; es konnte sich nur um einen dringlichen Griff an den Schritt einer der enganliegenden blauen Stretch-Hosen handeln. Der Akkordeonist verstand sich überhaupt nicht mit seinen beiden ungeschickten Mädchen, während Lulu seinerseits einen eindrücklich delikaten Einfluß auf unsere bemerkenswert empfängliche Chantal gewann. Die schwarze Spitze seines Schuhs war zwischen ihren Knien sichtbar, er kauerte hinter ihr wie ein Bauchredner, der an einer erotischen Puppe hantiert.

Na ja, die bewundernswerten jungen Streiterinnen suchten vergebens, fingen die Spitzen der Karotten zwischen gierigen Lippen, schrien hocherfreut und verloren damit die Trophäe wieder mal. Die Karotten glänzten allmählich, die Cordhosen zeigten natürlich erste Spuren von Schweiß, die Mädchen schrien vergnügt oder in kindlicher Ironisierung ihrer Enttäuschung auf. Wir im Publikum klatschten, immer wenn eine Karotte mit Erfolg erhascht wurde, wir stöhnten auf, wenn dieselbe Karotte wegschoß.

Den Rest kennst du: Das Ziel des Spiels, das bloß der kluge Vorwand fürs Spiel überhaupt war, bestand darin, die Karotte aufzuessen. Und während die beiden anderen Mädchen kurz daran nippten und sich herumwarfen und sogar hübsche Tränen vergossen, war es natürlich Chantal, die zum Schluß das Spiel verstand, die Karotte zwischen ihre Lippen nahm und sog und kaute, die mit ihrem kleinen lieblichen Gesicht ständig weiter nach oben fuhr, bis das Spiel sehr schön vollendet war.

Kannst du's sehen? Die sich angestrengt nach innen wölbenden Wangen? Am jungen Hals die gespannten

Sehnen? Die Spuren von verschmiertem Lippenstift auf der jetzt verschlungenen Karotte? Ich bin sicher, du kannst's.

Ja, Lulu nahm ihr die Augenbinde ab, und in seinem eigenen Schweiß hob er unsere glückliche Chantal auf die nackten Füße, damit sie ihre Ovation entgegennehmen konnte. Und so, natürlich, wurde Chantal die Königin von den Karotten. Erst am nächsten Tag faßte sie Mut, ging zum erstenmal mit nackter Brust zum Strand, wo sie den Morgen und den Nachmittag mit schwerer Arbeit in einem alten, weißen, schwerfälligen Paddelboot verbrachte. Ihr Begleiter im Paddelboot war, du errätst es, kein anderer als der notorische Lulu. Honorine und mir war es klar, daß Chantal jetzt völlig über ihre Scheu hinweg war und daß der unglaubliche Lulu diesen ersten Tag mit seiner rosa- und ambrafarbenen Königin bis zur Neige genoß.

Du denkst also, mein Hirn sei mit den Nähten deiner Psychose vernäht. Das denkst du also. Ja, doch, es sieht dir ähnlich, nicht zu einem letzten Mittel, sondern gleich zu zweien zu greifen. Und wie du dich erinnern wirst, habe ich gewußt, daß er früher oder später kommen mußte: dieser zweischneidige Versuch, mich erstens von meiner eigenen psychischen Abartigkeit zu überzeugen, wenn man's so nennen will, und mich zweitens wieder zur Vernunft zurückzulocken – nur du kannst das so ausdrücken –, und zwar mit dem Versprechen, es gebe Ruhe, alles werde verziehen, du werdest sofort abreisen, die ewige Bewunderung meiner Frau und meiner Tochter sei mir gewiß. Natürlich verstehe ich: Du hast keine andere Möglichkeit, als mir diesen deinen letzten Ausweg zu servieren. Wie ich schon gesagt habe, bin ich der festen Meinung, daß du die paar

Monate, in denen du als Anstaltspatient in finsterer Bewegungslosigkeit gelegen hast, publizistisch zu sehr ausgeschlachtet und idealisiert hast. Aber ich sympathisiere mit dir. Mir ist völlig klar, daß sie dir dort die Hirnlappen so mit Mustern der Angst und Hoffnungslosigkeit zusammengenäht haben, daß die Fäden im Innern deines Schädels herausgestanden und in grauenvoller Vielfalt durchs Fleisch bis in dein Gesicht hinuntergewandert sind; sie haben gekniffen, haben sich verzogen und deine verhärtete Haut gezeichnet, so, als hätten sich deine Pfleger nicht um psychische, sondern um chirurgische Entstellung bemüht. Ich schätze das alles. Ich bedaure, daß man dich so mißbraucht hat und daß du so furchtbare Freude an der Blutlinie hattest, welche dir das Auge ausdrückte, welche dir die Oberlippe spaltete, welche die ganze ungesunde Landkarte deines Hirns mit Fadenstichen auf die Maske deines Gesichts nähte. Wir dürfen aber nicht vergessen, daß wir nicht über mich, sondern über dich reden. Was ich soeben sagte, gilt für dich, aber nicht für mich. Trotz meiner Theorie der Entsprechungen, wie ich sie genannt habe, darfst du einfach nicht denken, deine frühere Störung sei neu in mir aufgetaucht und sie jage uns alle drei jetzt auf das zu, was bei der Behörde »unnatürliche Todesursache« heißt. Ich glaube, daß du, wenn du zugehört hast, in meinen Worten den sterbenden Atem *deiner* Irrationalität, nicht meiner, gehört hast.

Konzentrier dich, cher ami. Konzentrier dich. Denn ich weiß bereits, daß ich von meiner Frau und Tochter »angehimmelt« werde. Mir würde es nie einfallen, deine »unmittelbare Abreise« zu wünschen. Schließlich, cher ami, habe *ich* dich heute abend für das Beisammensein mit mir ausgewählt. Aber in einem letzten Punkt bin ich mir noch sicherer: Du und ich, wir würden der »Ruhe«

immer ausweichen, sogar wenn es sie tatsächlich gäbe und wenn sie nicht nur das Phantom all jener wäre, die sich nicht vor der Stille des offenen Tors einfinden wollen.

Ja, jetzt träumt sie. Ja, wenn meine Berechnungen nur im geringsten stimmen, dann sind wir jetzt etwa sieben Minuten von Tara entfernt, wo die Dame des dunklen Châteaus liegt und träumt. Honorine fühlte sich immer unbehaglich, wenn ich, wie selten auch immer, diese romantische Bezeichnung auf sie anwendete. Aber natürlich belasten dich ihr klarer Anstand, ihre reizvolle Bescheidenheit nicht, cher ami. So will ich mich heute nacht zum letztenmal ergehen und meine Gattin Honorine »Herrin des dunklen Châteaus« nennen. Und doch täuscht ihr Schlaf; die wunderbaren Fensterläden sind zugezogen und brauchen allenfalls eine leichte Reparatur; die Ställe wurden vor langer Zeit schon in eine Garage umgebaut; darin ist in diesem Augenblick ein blaues Auto untergestellt, anstelle des üblichen blauen Wagens und des beigen; die Eiche ist kahl und stattlich groß, wie das Château selber; der majestätische Hund, der neben dem mammutgroßen Bett liegt, nicht um es zu schützen, sondern aus Gründen der Eleganz und Zuneigung; die liebestrunkene Anmut der Schläferin, die allein diniert und sich dann zu später Stunde entkleidet hat, um zu Bett zu gehen, arglos und furchtlos, nur mit ein paar angenehmen Gedanken an uns ... rechtfertigt das alles nicht irgendwie meine romantischen Ausführungen? Das Glas Wasser auf dem Nachttisch; der schmale Lektüreband geschlossen, aber mit einem Band als Buchzeichen versehen, das Geräusch des Atmens, die Augen, welche, geöffnet, heiter wären – wenigstens sie berechtigen mich zu meiner Namengebung, cher ami. Jetzt aber muß ich dir sagen, daß trotz unserer Nähe, obgleich wir tatsächlich am Rande ihres schlummernden Bewußtseins angekommen sind, Honorine noch immer nicht von unserem Wagen träumt, sondern von einer Herde Schafe. Ich darf es kurz erklären.

An einem frühen Nachmittag, mir schien's wenige Stunden vor oder nach meinem Entwurf der Reise, die du, Chantal und ich in Kürze unternehmen würden – ich bin so ehrlich, wie ich nur kann – da machten Honorine und ich einen Spaziergang auf einem der entfernten felsigen Felder, die an Tara grenzen. Du hattest, glaube ich, Chantal zu ihrer Reitstunde begleitet. Der Nachmittag war schön, die Sonne warm, Honorine und ich gingen so dicht nebeneinander in den Felsen umher, daß wir uns an den Schultern streiften, einander von Hüfte zu Hüfte oder von Hand zu Hand berührten, vergnügt und unbeabsichtigt. Ein Baum weit im Westen war so klein und so hell wie ein goldenes Spielzeug. Die Felsen waren für unsere Wildlederstiefel so etwas wie prähistorische Zeichen. Und dann brachte Honorine uns plötzlich zum Stehen und zeigte auf etwas. Weil da, gerade vor uns, die Felsen sich zu bewegen schienen, während die Luft auf einmal mit einer läutenden Musik erfüllt war; Honorine hat sie schwer atmend als eine Art himmlisches Glockenspiel beschrieben; dabei ist sie immer ebenso irreligiös gewesen wie der Herr ihres Hauses.

Nun, es war natürlich eine Schafherde, und wir wurden in ihrer Mitte festgehalten. Honorine lächelte; das Bimmeln und Läuten der Glocken wurde lauter; über uns flog eine Drossel; ohne ersichtlichen Grund drehten wir uns beide um und schauten auf Tara zurück; es wirkte in diesem weichen Licht weit entfernt und leer und königlich, sowie schäbig; genauso, wie es immer gewesen war, und wie wir es haben wollten. Ein Ort der Bequemlichkeit, des Geheimnisses, des Privaten, wie du sicher weißt. Aber dann, als sich die Schafe um unsere Beine drängten, (ich stellte fest, daß Honorine an den jungen Lämmern nicht speziell interessiert war; sie war ganz sie selber, unsentimental wie immer), dann, und zwar ohne erkennbaren Anlaß, fuhr Honorine mit den Fingern durch ihr kurzes blondes, mit gelegentlichen Grausträhnen durchsetztes Haar und lächelte mir, etwas Abstand zu mir wahrend, ins Gesicht und fing an zu sprechen. Ohne lange Einleitung und auf ihre klare, ruhige Art sagte sie, sie finde, du und ich, wir seien etwas außer uns geraten. Sie sagte, wir seien selbstsüchtig, wir hätten Unheil im Kopf, und sie traue keinem von uns beiden. Dann aber lachte sie und sagte, sie liebe uns beide trotz allem; und sie wolle und könne jeden Preis zahlen, den unter Umständen die Götter von ihr verlangen könnten dafür, daß sie uns beide liebe. Du wirst wissen, wie mir zumute war. Aber ich darf vielleicht auf folgendes hinweisen: Weder hast du ein einziges Mal nach dem Grund meiner Grausamkeit gefragt, noch hast du argumentiert, in meinem Beharren auf Mord und Selbstmord – an diesem Punkt wollen wir ehrlich sein – komme womöglich nur mein eigener geheimer Wunsch zum Ausdruck, auf ewig zu strafen die Herrin des Châteaus; so darf ich sie doch jetzt nennen, mit allen sich daraus ergebenden Folgen? Ja, erlaube mir, dein Argument selber vorzutragen und auch darauf Antwort zu geben.

Es ist grausam. Kann jemand besser wissen als ich, wie grausam es ist? Ja, was ich tue, ist grausam: Aber Grausamkeit ist nicht das Motiv. Da liegt der Unterschied. Und wer könnte besser als ich wissen, daß mich gerade das Gegenteil motiviert? Meine Gründe: Erstens ist Honorine jetzt für dich und für mich »realer«, als sie es je gewesen ist; zweitens, wenn sie schließlich wieder gesund wird, wird sie so lange nachdenken, bis sie auf ihre Weise nacherlebt, was wir dann schon erlebt haben; und drittens wird es Honorine mit ganz besonderer Gewißheit aufgehen, daß sie, ebenso wie sie der Anlaß für deine Gedichte gewesen ist, auch der Anlaß für meine private Apokalypse war. Alles ist um ihretwillen geschehen. Und eine so innige Gewißheit ist, wie sie selbst sagte, jeden Preis wert, den die Götter allenfalls verlangen. Nein, cher ami, Honorine ist ein Mensch von großer Kraft. Früher oder später wird sie es verstehen.

Damit du siehst, wie wichtig der Traum einer Frau und eine Herde Schafe mit Glocken sind.

Aber ich habe dir einen kurzen Blick auf das prägende Erlebnis meines frühen Mannesalters versprochen. Es ist nichts gewesen, eigentlich nichts, obschon ich vermute, daß alle prägenden oder hoch veranschlagten Erlebnisse unseres Lebens im Rückblick verblassen, bis sie weder Form noch Folgen mehr haben. Jedenfalls war dieses spezielle Erlebnis das einfachste der ganzen Sammlung, welche mich zu der oder jener Zeit definierte, in Spannung versetzte, von der Dauerhaftigkeit der Fiktion, man sei am Leben, überzeugte; ich habe aber alle insgesamt, ich habe die Sammlung der Erlebnisse vergessen. Ich will mich kurz fassen. Ein paar Worte, und du hast es.

Das Auto, hellgrün, war gerade groß genug für zwei, und ich war allein. Die Straße war breit, aber zu der Tageszeit drängten sich die Menschenmengen, meist Kinder, über den Bordstein auf die Straße. Ich fuhr schnell, zu schnell, hatte den dringenden Wunsch, Honorine zu besuchen, die ich damals noch kaum kannte. Der alte Mann trug einen Schnurrbart und eine helle Seidenkrawatte, und trotz der Sonne – Regen war an jenem Tag undenkbar – trug er einen gefalteten Regenschirm; er war zweifellos einer von deinem Schlage, will sagen, ein alter Lyriker. Gleich als ich ihn erblickte, irritierte er mich ungeheuer; er hielt ein Kind an der Hand, ganz bestimmt, ein erstaunlicheres Kind als alle, die ich jemals gesehen habe.

Ich erinnere mich an meinen Wagen, der zwar klein, aber sehr stark war; ich erinnere mich genau an die Straße, weil sie mich überhaupt nicht interessierte; ich erinnere mich an den alten Lyriker, weil er im Augenblick, wo ich ihn erblickte, in hochmütigem Besitzerdrang die Hand des Kindes ergriff und mir bereits mit erschütterndem Zorn in die Augen starrte. Am stärksten erinnere ich mich ans Kind. Es war ein ganz verlassenes Mädchen mit dunklen Haaren, dunklen Augen, mit einem unschuldigen kleinen herzförmigen Gesicht voller unheimlicher Vertrauensseligkeit und einfacher Schönheit. Es trug eine grobgestrickte Zipfelmütze mit einer Troddel und einen kleinen, vor langer Zeit abgelegten Ledermantel; er war so alt, daß weiße Risse ihn überzogen. Ich staunte das Kind an und verabscheute doch den alten Mann, der schon die Brauen hob, seinen Mund im Zorn öffnete, das Kind zurückriß, als verrate ihm mein Gesicht den Charakter eines jungen Kerls, der ein derartig armes und heiliges Kind, wie es ihm, dem alten Mann erschien, gleichgültig oder gar respektlos ansehen könnte.

Ich gab Gas. Ich sah, wie die Troddel flog. Das Gesicht des alten Lyrikers war ein Brei aus Wut, und sein Regenschirm war drohend über seinem Kopf erhoben. Ich spürte nichts, nicht einmal so etwas wie ein Haar gegen die Stoßstange, genauso, als wäre das Kind ein Feldhase von heute nacht gewesen. Ich machte weder kehrt, noch schaute ich auch nur in den Rückspiegel. Ich gab einfach noch mehr Gas und fuhr weiter.

Ich glaube nicht, daß ich das kleine Mädchen erwischt habe. Rückblickend gesehen scheint es wenig wahrscheinlich. Und doch werde ich es nie wissen. Vielleicht ist der privilegierte Mensch ein noch größerer Krimineller als der Lyriker. Jedenfalls werde ich das Gesicht des Kindes nie vergessen.

Was soll das? Was sagst du da? Habe ich recht gehört? *Gedachtes Leben ist erheiternder als erinnertes Leben ...* hast du das gesagt? *Gedachtes Leben ist erheiternder als erinnertes Leben.* Ist das möglich?

Aber dann bist du ja einverstanden, dann verstehst du ja, dann hast du dich zu guter Letzt gefügt, Henri! Ja, hör mal gut hin: dein Keuchen ist verschwunden.

Aber jetzt, Henri, muß ich dir etwas sagen: Wenn du mit deiner Hand in meine Jackettasche auf deiner Seite langtest – ich würde dir zu dieser Bewegung trotz unserem flüchtigen Einvernehmen nicht raten –, dann fänden deine Finger da einen Fetzen Papier, auf dem du, solltest du ihn aus der Tasche ziehen und unter die Beleuchtung unseres Armaturenbretts halten, in meiner Handschrift folgende zwei Zeilen entdecken könntest:

»Irgendwo muß sein noch immer
ihr Antlitz ungesehn und ihre Stimme ungehört«

Erkennst du die Zeilen? Natürlich von dir; sie vermitteln uns das wahre Maß deiner Lyrik. Und jetzt kann ich's ja sagen, Henri: Mir gefallen die beiden Zeilen außerordentlich. Sie könnten sogar von mir sein.

Schau hinaus. Ja. Wir sind an Tara vorüber. Und wir haben die Laterne nicht bemerkt. Jetzt ist sie vorbei.

Chantal ... Chantal, Papa hat dich nicht vergessen!

Jetzt aber gebe ich dir folgendes Versprechen, Henri: Es wird keine Überlebenden geben. Keine.

Amerikanische Literatur in der edition suhrkamp und den suhrkamp taschenbüchern

Djuna Barnes: Nachtgewächs. Roman. Deutsch von Wolfgang Hildesheimer. Mit einer Einleitung von T.S. Eliot. st 2195

– Ryder. Aus dem Amerikanischen von Henriette Beese. Mit elf Zeichnungen der Autorin. st 1638

Sylvia Beach: Shakespeare and Company. Ein Buchladen in Paris. Aus dem Amerikanischen von Lilly v. Sauter. st 823

Alfred Bester: Die Hölle ist ewig. Science-fiction-Erzählungen. Aus dem Amerikanischen von Michael Koesler. st 2517

Truman Capote: Die Grasharfe. Roman. Aus dem Amerikanischen von Annemarie Seidel und Friedrich Podzus. st 1796

Leonora Carrington: Unten. Aus dem Französischen von Edmund Jacoby. st 2343

Jonathan Carroll: Ein Kind am Himmel. Roman. Aus dem Amerikanischen von Michael Walter. st 1969

– Das Land des Lachens. Roman. Aus dem Amerikanischen von Rudolf Hermstein. Mit Illustrationen von Hans-Jörg Brehm. st 1954

– Schlaf in Flammen. Roman. PhB 252. st 1742

– Die Stimme unseres Schattens. Roman. Aus dem Amerikanischen von Rudolf Hermstein. st 2506

– Vor dem Hundemuseum. Roman. Aus dem Amerikanischen von Mechthild Kühling. st 2387

– Wenn die Ruhe endet. Roman. Aus dem Amerikanischen von Herbert Genzmer. st 2325

Andrea Dworkin: Eis & Feuer. Roman. Aus dem Amerikanischen von Christel Dormagen. st 2229

Raymond Federman: Eine Liebesgeschichte oder sowas. Roman. Aus dem Amerikanischen von Peter Torberg unter Mitarbeit von Ingrid Werner. st 1788

– Surfiction: Der Weg der Literatur. Hamburger Poetik-Lektionen. Aus dem Amerikanischen von Peter Torberg. es 1667

Paul Goodman: Die Tatsachen des Lebens. Ausgewählte Schriften und Essays. es 1359

John Hawkes: Belohnung für schnelles Fahren bei Nacht. Aus dem Amerikanischen von Jürg Laederach. st 2526

– Travestie. Aus dem Amerikanischen von Jürg Laederach. es 1326

Denis Johnson: Jesu Sohn. Aus dem Amerikanischen von Herbert Genzmer. es 1972

William Least Heat Moon: Blue Highways. Eine Reise in Amerika. Roman. Aus dem Amerikanischen von Dieter Hildebrandt. st 1621

105/1/7.95

Amerikanische Literatur in der edition suhrkamp und den suhrkamp taschenbüchern

Howard Phillips Lovecraft: Azathoth. Vermischte Schriften. Ausgewählt von Kalju Kirde. Aus dem Amerikanischen von Franz Rottensteiner. PhB 230. st 1627

– Berge des Wahnsinns. Zwei Horrorgeschichten. Deutsch von Rudolf Hermstein. PhB 258. st 1780

– Cthulhu. Geistergeschichten. Deutsch von H. C. Artmann. Vorwort von Giorgio Manganelli. Übersetzung des Vorworts von Gerald Bissinger. PhB 19. st 29

– Das Ding auf der Schwelle. Unheimliche Geschichten. Mit einem Vorwort von Kalju Kirde. Deutsch von Rudolf Hermstein. PhB 2. st 357

– Der Fall Charles Dexter Ward. Eine Horrorgeschichte. Deutsch von Rudolf Hermstein. PhB 260. st 1782

– Der Flüsterer im Dunkeln. Eine Horrorgeschichte. Deutsch von Rudolf Hermstein. PhB 259. st 1781

– Das Grauen im Museum und andere Erzählungen. Ausgewählt von Kalju Kirde. Aus dem Amerikanischen von Rudolf Hermstein. PhB 136. st 1067

– In der Gruft und andere makabre Erzählungen. Deutsch von Michael Walter. PhB 71. st 779

– Die Katzen von Ulthar und andere Erzählungen. Herausgegeben von Kalju Kirde. Deutsch von Michael Walter. PhB 43. st 625

– Lovecraft-Lesebuch. Herausgegeben von Franz Rottensteiner. Mit einem Essay von Barton Levi St. Armand. PhB 184. st 1306

– Der Schatten aus der Zeit. Erzählung. Aus dem Amerikanischen von Rudolf Hermstein. st 1939

– Schatten über Innsmouth. Eine Horrorgeschichte. Deutsch von Rudolf Hermstein. PhB 261. st 1783

– Stadt ohne Namen. Horrorgeschichten. Mit einem Nachwort von Dirk W. Mosig. Deutsch von Charlotte Gräfin von Klinckowstroem. PhB 52. st 694

– Die Traumsuche nach dem unbekannten Kadath. Eine Erzählung. Aus dem Amerikanischen von Michael Walter. st 1556

Howard Phillips Lovecraft / August Derleth: Die dunkle Brüderschaft. Unheimliche Geschichten aus dem Amerikanischen von Franz Rottensteiner. PhB 173. st 1256

– Das Tor des Verderbens. Aus dem Amerikanischen von Michael Koseler. st 2287

Der Einsiedler von Providence. H. P. Lovecrafts ungewöhnliches Leben. Herausgegeben von Franz Rottensteiner. st 1626

105/2/7.95

Amerikanische Literatur in der edition suhrkamp und den suhrkamp taschenbüchern

Harry Mathews: Zigaretten. Roman. Aus dem Amerikanischen von Werner Schmitz. st 2268

Dan McCall: Jack der Bär. Roman. Aus dem Amerikanischen von Harry Rowohlt. st 699

Walker Percy: Der Idiot des Südens. Roman. Deutsch von Peter Handke. st 1531

– Liebe in Ruinen: Die Abenteuer eines schlechten Katholiken kurz vor dem Ende der Welt. Aus dem Amerikanischen von Hanna Muschg. st 614

J. J. Phillips: Mojo Hand. Eine orphische Geschichte. Aus dem Amerikanischen von Barbara Henninges. es 1574

Padgett Powell: Edisto. Roman. Aus dem Amerikanischen von Harry Rowohlt. es 1332

– Eine Frau mit Namen Drown. Roman. Aus dem Amerikanischen von Harry Rowohlt. es 1516

Reynolds Price: Kate Vaiden. Roman. Aus dem Amerikanischen von Melanie Walz. st 2216

Adrienne Rich: Um die Freiheit schreiben. Beiträge zur Frauenbewegung. Aus dem Amerikanischen von Barbara von Bechtolsheim. es 1583

105/3/7.95